·SEASONS OF YOU·

2

마세리 장편소설

시절 연애

2

SEASONS OF YOU

엘릭시르

차례

第6장

엉망인 채로 맞닿은 온기가

마침내 수능 성적이 발표되었다. 가채점만으로도 안정권이었던 권현진의 입시 결과가 바로 나왔다.

최종 합격. 당당히 적혀 있는 문구를 보고 나는 기함했다. 물론 입시는 돈의 힘이 크지만, 돈으로 모든 게 가능했다면 권승주가 삼수까지 하고도 S대 입학에 실패하진 않았을 것이다.

"진짜 대박이다, 권현진."

목표를 끝내 이루고야 마는 집념이 대단했다. 권현진은 마지막 데이트 이후로 내게 거의 연락도 안 하고 수능 공부에 몰두했다.

"뭐 과외도 하고, 학원도 다니고. 할 거 다 했는데."

"너 수능 공부 처음 하는 거잖아."

한글에 서투른 나머지 맞춤법이 틀릴까봐 메시지도 짧게 보내던 애다. 나는 그걸 나중에서야 알았다.

"그럼 재수할 줄 알았냐?"

"솔직히……? 응."

그도 그럴 게 권현진은 수시에 오직 S대만 썼다. 패기인지 자신감인지. 모두가 만류했지만 끝내 밀어붙였다. 하물며 저 애를 뒷바라지하는 부모님도 없었다. 윤 부장밖에는.

"네, 그렇죠. 감사합니다, 아저씨. 아주머니께도 감사하다고 전해주세요. 네."

윤종오와 통화를 끝낸 권현진의 입가에 부드러운 미소가 걸렸다.

"윤 부장님을 아저씨라고 불러?"

"어."

하긴, 윤 부장은 더이상 부장이 아니었다. 다른 계열사로 뺑뺑이를 돌아서 직함이 계속 바뀌었다. 몇 년간 제주에 있더니, 내년부터는 다시 권진 건설에서 호텔과 리조트 부문장을 맡아 인천으로 간다고 들었다.

"윤 부장님이랑 많이 친해졌나봐."

"아무래도 그렇지."

아저씨, 아주머니라는 호칭부터 그랬다. 권현진은 주위 사람들을 철저히 직함으로 불렀다. 작은아버지인 권영무도 부사장이라고 칭했다. 장 여사, 권 회장, 그리고 윤종오. 이 세 사람만이 예외였다.

"회사 실정 잘 아시니까. 할배랑 부사장님 사이의 일도 그렇고."

권 회장과 권영무 사이가 정확히 어떤지는 나도 잘 모른다. 그러니 저애한테는 윤종오처럼 든든한 제 편이 또 없을 것이다. 아내분이 직접 수능 도시락까지 싸줬으니, 얼마나 헌신적으로 수행했는지도 알 만했다.

"좋은 분들이라 다행이다. 너한테 의지가 돼서."

윤 부장에게도 권현진은 죽은 절친의 아들이자, 구원의 동아줄이었다. 저애한테도 윤종오처럼 현명하고 똑똑한 사람이 옆에 있는 건 행운이었다.

"이나희 공이 제일 큰데?"

"내가 뭘…… 자주 만나지도 못했는데."

나도 프로젝트를 하느라 바빴다. 내년부터 대한민국건축

문화제에 출품하려고 학회 활동도 시작했다. 지역 공모전도 계속 들여다보고 있었다. 게다가 본격적으로 건축 설계에 들어가면, 과제 때문에 설계실에서 밤새우는 게 일상이 될 거다.

"이나희 아니었으면 아저씨한테 연락 안 했지. 진작 영국 가서 할배 눈 밖에 났겠지. 그래서 말인데."

소파 등받이에 걸쳐 있던 손이 어느새 내 어깨를 감쌌다.

"우리 여행 갈까."

나긋하게 묻는 말투가 평소와는 달랐다. 내 속을 가늠하듯 권현진의 투명한 눈동자가 면밀하게 움직였다. 짧은 침묵이 흘렀다. 내가 대답하지 않자, 권현진이 초조한 듯 아랫입술을 깨물었다.

"나희야, 우리 여행 갈래?"

저애가 날 부르는 호칭은 철저하게 기분과 필요에 따라서 달라진다. '야, 이나희, 나희야, 누나' 순서였다. 뭔가 특별히 내게 바라는 게 있거나, 자기가 뭘 잘못했을 때만 '나희야', '누나' 하고 불렀다.

"이제 입시 다 끝났으니까 가자. 응?"

여행 가자, 나희야…… 권현진이 내 귀에다 대고 속닥거렸다. 이미 단둘뿐인 아파트에서.

“가고 싶은 데 있어? 겨울이니까 발리 어때. 아니면 더 가까운 데 갈까?”

“권현진.”

“네.”

너무 속 보이는 수작질에 어이가 없어서 웃음이 터졌다.

“가긴 어딜 가. 너 성인 되자마자 나랑 그거 할 생각뿐이잖아.”

“아닌데? ‘그거’가 뭔데.”

“이미 대답했으면서 뭘 물어봐. 다 알면서 진짜.”

눈을 가늘게 뜨고 권현진을 응시했다. 수능이 끝난 날부터 당장 헬스장부터 가놓고는. 저 속내를 모를 줄 알고.

“너 정말 너무 음흉하다, 애가. 그렇게 안 생겨서.”

“어, 나 그 생각밖에 안 해. 그러니까 여행 가자고, 이나희.”

내게 간파당한 권현진은 시커먼 속내를 금방 인정했다.

“기념으로 좋은 데 가서 좋은 거 보자는 게 잘못이냐? 어차피 너도 개강 전까지 방학이잖아.”

“나 방학 없어. 계절학기 신청했어. 알바도 해야 하고.”

“뭐? 아, 씨…… 이나희.”

권현진은 요즘 부쩍 욕을 줄이는 중이었다. 노력은 하는데 잘되진 않았다. 특히 내 앞에서는 본심을 감추는 걸 어려워했다.

"친구들 한국 온다며. 개네랑 놀아."

"야."

"나한테는 하루만 줘. 하룻밤만."

권현진의 동공이 순간 흔들렸다. 지난 1년간 사람을 그렇게 달달 볶아놓고. 내가 약속을 안 지킬 줄 알았나?

"지율이한테 이미 말해놨어. 연말에 동기들이랑 노느라 외박할 거라고."

마른침을 꿀꺽 삼키는 게 육안으로도 보였다. 진짜 웃기는 애다.

"발리 말고 우리 홍콩 가자, 권현진. 누나가 보내줄게."

연말 거리에는 사람이 넘쳤다. 권현진은 근교의 풀빌라에 가자는 둥 호텔을 골라보라는 둥 사진까지 보내오며 여러 선택지를 줬지만, 내가 고른 장소는 그애의 아파트였다.

종강과 동시에 계절학기가 시작되는 바람에 오늘도 조별 모임을 해야 했다. 아직 새내기인데도 이 모양인데, 내년부턴 어떻게 될지 벌써 두려워졌다.

—저녁 뭐 먹고 싶어?

권현진에게서 온 문자에 나는 '피자'라고 답변을 보냈다. 다들 모임을 빨리 끝내고 싶어서 삼각김밥으로 대충 때웠다. 지하철역으로 가던 나는 드러그스토어에 들러서 세일중인 선크림을 사고, 또…… 피임 기구를 집었다.

"포인트 적립하시나요?"

"네."

이걸 어떻게 계산하나, 이상하게 보진 않을까.

걱정과 달리 아무 일도 없었다. 나 혼자만 민망한 게 전부였다. 피임 기구가 든 종이봉투를 들고 밖으로 나와서도 심장이 빠르게 뛰었다.

드디어 하는구나. 그날이 오긴 왔구나. 홍콩 가자고 이상한 아저씨 같은 멘트도 덜컥 날렸지만 사실 너무 떨렸다. 권현진의 으리으리한 아파트는 오늘따라 호랑이 굴처럼 보였다.

"권현진, 나 왔어."

벨을 몇 번 눌렀는데도 대답이 없어서 들어와보니 마스터룸에서 물소리가 났다. 샤워중이었다. 저번과 같은 상황이긴 했지만, 오늘은 의식해서 그런지 남의 집에 온 것처럼 기분이 괜히 어색하고 이상했다.

식탁에는 풍성한 장미꽃과 피자가 있었다. 새빨간 장미를 보니 권현진이 성인이 된다는 게 새삼 실감났다. 남자애가 장미는 되게 좋아하네. 혹시…… 내가 사줬어야 했나? 그런 생각을 하면서 장미꽃을 만지작거리다가 뻘쭘해서 TV를 켰다.

"배고파서 나 먼저 먹고 있을게."

욕실 쪽으로 외치고, 소파에 앉아 피자를 먹으며 다큐를 봤다. 조별 모임 때문에 조용한 미대 건물 지하에서 몇 시간을 앉아 있었더니 몸도 찌뿌둥하고 피곤했다. 어느 정도 배가 차자 스르륵 소파에 늘어졌다.

마침 욕실에서 들려오던 물소리가 끊겼지만, 저절로 감기는 눈꺼풀을 막을 수는 없었다.

환한 불빛에 잠에서 깼다. 베드룸 전면 유리창에서 들이치는 야경 불빛이었다. 분명 소파에서 선잠이 들었던 것 같은데 지금은 솜덩어리에 들어가 있는 것처럼 온몸이 포근했다.

코가 아릴 정도로 달달한 이 꽃향기는 그애의 것이었다. 눈을 제대로 뜨고 보니, 침대에 모로 누워 있는 나와 권현진이 창문에 비쳤다. 나는 커다란 침대 위 이불 속에 들어가 있었고, 권현진은 이불 밖에서 나를 꼭 끌어안고 잠들어 있었다.

이 집을 자주 들락거렸어도 권현진의 방에 들어온 건 처음이었다. 나는 신기해서 움직이지 않고 눈만 굴렸다. 방도 넓은데, 침대도 무진장 컸다. 모르긴 몰라도 킹사이즈 이상인 것 같았다.

몇 시나 됐을까? 이미 자정은 훨씬 지난 듯해서 나는 권현진이 깨지 않게 조심스레 손을 뻗었다. 침대 옆 협탁에는 핸드폰이 아닌, 바스락거리는 뭔가가 손에 잡혔다. 황금색이었다. 색깔이 특이해서 인테리어용 컵받침인 줄 알았다.

이게 뭐지? 바스락거리는 포장지 안에 든 링이 만져졌다. 순간 머릿속에 번쩍 번개가 쳤다.

이건……!

권현진이 이걸 준비했다고? 아니, 그것보다 뭐가 이렇게 커? 잠이 확 깼다.

EXTRA LARGE. 대문자로 써 있어서 더 의미심장했다. 넋 놓고 들여다보던 그때였다. 목에서 이상한 감촉이 느껴졌다. 커다란 달팽이가 기어가는 듯한 느낌이었다.

"깨는 거 기다리다가 미칠 뻔했다."

흡혈귀처럼 달라붙은 권현진 때문에 머리카락이 쭈뼛 섰다. 피하듯 고개를 움츠리자 그애가 대번에 이불을 걷어버렸다. 확 끼쳐온 차가운 공기에 몸이 움찔했다.

"잠, 잠깐만. 권현진."

"왜."

"이렇게 바로 하는 거야?"

"그럼 뭐, 포커라도 치다 할까."

말이 끝나기 무섭게 그애가 내 위를 점령했다. 그러더니 겨울 남방 단추를 하나씩 풀기 시작했다. 놀란 내가 저지하려 하자 곧장 상체를 숙여 입을 맞췄다.

나는 거의 벽에 둘러싸인 기분이었다. 애가 워낙 몸이 큰데다 팔다리도 길어서 꼼짝도 할 수 없었다. 그나마 권현진이 천천히 움직여서 다행이었다. 조심스럽게 입맞춤을 이어가던 권현진이 약간의 틈만 두고 입술을 뗐다. 나는 어쩔 줄 몰랐다. 긴장한 나머지 떨고만 있자 그애가 미간을 찌푸리며 나를 재촉했다.

"빨리."

결국 단단한 목에 팔을 걸었다. 오늘을 기다려온 건 나도 마찬가지였다. 다만 가슴이 너무 빨리 뛰어서 이러다가 터져버릴까봐 무서웠다. 두근, 두근, 거센 박동이 핏줄을 타고 내 온몸을 돌았다.

그사이 권현진은 내 남방을 벗기고, 안에 입은 반팔 티셔츠를 위로 말아올렸다. 손길이 점점 급해졌다. 티셔츠 안에서 캐미솔이 나왔을 때는 참지 못하고 소리쳤다.

"뭘 이렇게 많이 입었어!"

"추운데 어쩌라고……"

작게 욕설을 내뱉은 권현진이 몸을 일으키더니 팔을 교차해서 순식간에 상의를 벗어던졌다. 그대로 다시 안겨오는 몸이 뜨끈뜨끈했다. 발열하는 난로나 다름없었다.

권현진의 상체를 끌어안자 긴장한 손이 캐미솔 밑을 배회했다. 선뜻 선을 넘지 못하는 소년의 떨림이 내게로 전해졌다. 잠시 눈을 맞추던 권현진이 내 귓속을 쓸면서 말했다.

"나희야. 만져도 되는 거지."

이미 오래전에 합의된 상황에 굳이 허락을 구하는 게 웃기면서도 설레었다. 우리는 둘 다 처음이었다. 권현진은 괜히 그 사실을 숨기려 하거나 어른인 척 굴지 않았다. 나는 그게 마음에 들었다.

"만져."

안도 섞인 신음에 설핏 웃음이 나왔다.

"너 하고 싶은 대로 해도 돼. 나도 그러고 싶으니까……"

나는 몸을 일으켰다. 한강의 저열한 불빛이 내려앉은 권현진의 상체를 손끝으로 꾹꾹 눌러보았다. 달궈진 쇳덩이 같은 몸이, 나와는 모든 게 다른 그애가 신기했다.

긴장했던 우리는 같이 웃었고 때로 창피해했으며 동시에 괴로워했다. 가끔은 나보다 권현진이 더 힘들어 보였다. 평소엔 땀도 안 나는 애가 턱밑으로 굵은 물방울을 뚝뚝 흘렸다. 형편없이 일그러진 얼굴로 몹시 괴로워했다. 대체 뭐가 제발, 이라는 건지 모르겠다.

우리의 첫 경험은 솔직히 엉망이었다. 물론 나는 그조차도 좋았다. 엉망인 채로 엉겨 맞닿은 그애의 온기가 너무 따듯

해서, 나는 그대로 녹아버리고만 싶었다.

앞서 경고했던 대로 권현진은 내가 몸을 가누지 못할 때까지 몰아갔다. 하지만 애원하는 사람은 내가 아니었다.

"나희야. 한 번만 더."

시체처럼 늘어져 간신히 숨만 내쉬는 내게 권현진이 달라붙어서 속살거렸다.

"응? 누나……"

눈을 빤히 맞추면서 저런 말을 하는 게 애가 돌았나 싶었다. 넋이 나간 채로 그 꼴을 보는데, 권현진은 그런 내가 우스운 듯이 살살 눈웃음을 쳤다. 그 얼굴은 충분히 유혹적이었지만 더는 수용할 수가 없었다.

"그럼 한 번만 더 하자. 마지막으로 딱 한 번. 나희야, 꽉 안아줘."

우리는 종이 한 장 들어갈 틈 없이 맞닿았다. 나와는 전혀 다른 신체가 불편하면서도 그 낯섦 때문에 오히려 열기가 피어올랐다.

그때 침대 아래서 핸드폰이 발광했다. 기진맥진한 몸으로 겨우 핸드폰을 집어들었다. 1월 1일, 새해를 맞이하여 잔뜩 신난 친구들의 메시지가 쌓여 있었다. 그중에 제일 시급해 보이는 걸 눌렀다.

—누나누나 나희누나

—새해 복 마니 받으세요♡ 내년에 저 술 사주기로 한 거 잊지 마시고요

—방학 끝나기 전에 우리 과외팸 꼭꼭 밥 먹으러 가요

—!

내가 본 메시지는 제일 마지막에 보낸 느낌표 하나였다. 대단한 내용인가 했는데, 그냥 새해 인사였다. 대충 무시하고 넘기려는데 핸드폰이 손에서 쑥 빠져나갔다.

"도윤이?"

어느새 홈웨어를 갖춰 입은 권현진이 서늘한 얼굴로 화면을 응시했다. 눈동자가 구르면서 슬며시 미간이 좁혀졌다.

"도윤이가 누구냐?"

"찬희 친구."

"근데 왜 너한테 이딴 메시지를 보내는데? 하트 찢어버리고 싶네."

나는 권현진이 건네준 물을 마시며 대수롭지 않게 대꾸했다.

"내가 과외하는 애야."

"뭐?"

화면에 꽂혀 있던 시선이 내게로 옮겨왔다.

"왜 말 안 했는데."

"찬희랑, 찬희 여자친구까지 넷이서 하는 거야. 별거 아니야."

"왜 말 안 했냐고. 나는 왜 과외 안 해줬는데."

"내가 너한테…… 영어를 가르칠 순 없잖아."

얼굴이 뜨거워졌다. 그래서 말을 안 한 거였다. 게다가 내가 하는 건 진짜 야매 과외였다. 찬희의 외국어 오답 노트 만드는 걸 도와주다가 갑자기 판이 커졌다.

"밥을 먹자 그러네, 이 정신 나간 새끼가. 뭐, 술을 사줘?"

"핸드폰 내놔."

"이나희. 네가 진짜 술 사준다고 했어?"

"수능까지 열심히 공부하라고 그냥 하는 소리지."

"열받네."

농담이 아닌 듯 귀가 벌겠다. 그나마 다행인 건 도윤이가 보낸 단독 메시지는 그게 처음이자 마지막이었다. 통화 기록도 없고, 나머지 연락은 '예비 S대생 과외방'이라고 네 명이 포함된 단체방이 전부였다. 전부 확인시켜주자 권현진은 도윤이가 오늘 보낸 메시지를 보며 이를 갈았다.

"미친놈이 하트는 왜 처보내고 지랄이야. 공부나 할 것이지."

"그러지 마. 도윤이 착하고 성실한 애야."

"나는 개새끼고?"

핸드폰 너머의 도윤이를 노려보던 그애가 화살을 내게 돌렸다.

"권현진, 그런 뜻 아닌 거 알잖아. 나 화장실 좀."

"얘기 안 끝났잖아. 왜 도망가냐?"

도망도 맞고, 화장실도 급했다. 다다다 욕실로 뛰어가는 내 뒤를 권현진이 따라왔다. 문을 닫으려는데 그 앞을 기필코 가로막았다.

"이찬희 불러. 내가 밥 사준다고."

"현진아, 찬희는 안 돼."

"왜 안 되는데? 불러. S대 가고 싶다며. 내가 상담해준다고 해. 입시 코디도 붙여줄게."

"너 그게 전부가 아닐 거잖아."

권현진은 분명히 나와의 관계를 티내려고 할 것이다. 하지만 찬희는 정말 비밀이 없는 애였다. 내 동생이지만 감당이 안 될 정도로 입이 가벼웠다.

"이찬희, 나보다 엄마랑 더 친해. 아는 거, 본 거 엄마한테 시시콜콜 다 얘기하는 애야."

"뭐, 말하면 뭐 어떤데."

나는 엄마를 포함한 그 누구에게도 이 관계를 들키고 싶지 않았다. 우리가 만나는 게 누군가에게 알려졌다가 닥칠 후폭풍이 두려웠다. 내가 입을 다물고 있자 욕설을 내뱉은 권현진이 신경질적으로 덧붙였다.

"그럼 네가 그 새끼한테 똑바로 말해. 남자친구 있으니까 집적거리지 말라고."

권현진은 고등학생 무리를 너무 모른다.

"한 명한테 말하면 다 아는 거야. 걔네 얼마나 입이 가벼운데."

"이것도 안 된다, 저것도 안 된다. 미친놈이 너한테 하트

보내고 지랄 염병하는데 난 뭐냐. 보고만 있으라고?"

"걔 찬희 친구야. 그냥 과외만 하는 애야. 이모티콘 아무 의미도 없어. 남자로 느껴지지도 않아."

"이 새끼는 지금 너 좋아하잖아."

"걔 나 안 좋아해!"

도윤이를 질투하는 게 답답했지만, 권현진이 화를 내는 것도 이해는 됐다. 애초에 과외한다는 사실을 말하지 않은 내 잘못이 더 컸다.

"나 지금 여기에 너랑 있잖아, 응? 현진아."

살살 달래주자 금방 목소리가 누그러졌다.

"난 싫다고, 이나희……"

"현진아, 나 봐봐."

"누가 너한테 연락하는 거 싫어."

"메시지를 보내든 말든 우리 지금 단둘이 여기 있는데 무슨 상관이야."

방광이 터질 것 같았다. 제발 이 간절한 진심을 알아주길 바라며 나는 권현진을 안고 다독였다.

"알겠지? 나 이제 진짜 화장실 가고 싶으니까 좀 나가줘."

목덜미에 비비적거리는 권현진을 떼어내려고 했지만 얘가

좀처럼 움직이지 않았다.

"현진아, 일단 나가서 이따가 다시 얘기하고 지금은…… 아!"

힘으로 밀어내려는 순간이었다.

"씨발, 이나희."

역으로 내 몸이 돌려지고 샤워부스로 밀렸다.

"전화도, 네가 받고 싶을 때만 받아주고…… 어딜 갔는지, 집에 왔는지. 어?"

"권현진!"

"물어봐도 네 맘대로만 답장하고, 나랑 만난다고 주위에 말하기는 싫고. 병신 같은 새끼들이 집적거리는 건 다 받아주고. 넌 전부 너 꼴리는 대로 다 하면서. 난 마음대로 하면 안 돼? 열받아서 미치겠는데. 나희야, 사람 돌게 만들고, 지켜보는 거 재밌어?"

악마같이 속삭이는 권현진의 억센 손이 뱀처럼 몸을 휘감고 내 목을 붙잡았다.

"이찬희한테 들킬까봐 무서워? 뭐가 무서운데. 네 동생이 알면 왜 안 되는데, 이나희."

"이 미친놈아……"

참지 못하고 욕을 하자 권현진이 더 즐겁게 웃었다. 때려도 내 주먹만 아팠다. 짜증나서 노려보자 그애가 실실 웃으며 샤워기를 들었다.

"팔 들어봐, 나희야. 만세."

언제 사나웠냐는 듯이 권현진은 자상하게 내 머리카락을 모아서 어깨 뒤로 넘겨주었다. 제 목에 내 손을 감고는 보디워시 펌프를 눌렀다.

평소 저애한테서 나던 향기가 욕실에 가득했다. 금세 샤워볼에 하얀 거품이 생겼다. 씻겨준다는 핑계였지만 결국 샤워볼을 내려놓았다. 온몸이 뻐근했던 나는 권현진에게 모든 걸 맡기고 늘어졌다.

"왜…… 뭐 할말 있어?"

데려다준다더니 권현진이 차를 돌릴 생각은 하지도 않고 내 자취방 앞에서 미적거렸다.

"이나희, 우리 다음주에 부산 갈까."

"부산? 갑자기?"

"어. 볼 거 많다던데. 학기 들어가면 너 더 바빠질 것 같아서. 너도 부산 안 가봤지?"

권현진은 전에도 내게 발리, 하와이에 가자고 졸랐다가 거절당한 전적이 있었다. 시간이 될 때 국내 여행이라도 다녀오고 싶은 모양이었다.

"주말에 갔다 오는 거지?"

"누나가 워낙 바쁘시니까. 주말만 시간이 되신다는데 어쩔 수 없지."

하여간 빈정거리는 데는 일등이다. 나는 기가 쪽 빨려서 죽겠는데 싱그럽게 웃는 얼굴이 반질반질했다.

"……알겠어."

잘생겨서 더 얄미웠다. 권현진은 밤새 들러붙어 있는 것도 모자라, 다음날 초저녁까지 날 놓아주지 않았다. 나중에는 멍석말이를 당한 사람처럼 전신이 뻐근했다. 나는 그애를 째려보다가 몸을 돌렸다.

"조심히 가."

"이나희, 잠깐만. 아직 뽀뽀도 안 했는데?"

급히 나를 잡아 세운 권현진이 짙은 눈썹을 들썩였다. 저 애가 차를 산 다음부터 우리는 헤어질 때 인사 대신 뽀뽀를 했다.

"빨리 해."

심신이 지친 나는 그냥 눈을 감았다. 달칵, 안전벨트가 풀리고 권현진이 내 허리를 감았다. 뽀뽀를 뭐 얼마나 거창하게 하겠다고. 지긋지긋한 속내가 훤히 보였다.

"권현진."

아니나다를까, 내 뺨에 닿았던 입술이 밑으로 내려갔다. 목덜미에 제 얼굴을 비비적거리던 그애가 깊게 숨을 들이마시며 조수석까지 넘어왔다.

"권현진. 지금 밖이야."

아무리 어두운 밤이고, 차에 검게 선팅이 되어 있어도 여긴 길거리였다. 나는 파고드는 권현진의 손을 붙들었다.

"호텔 갈까."

"너 진짜."

"한 시간만."

"미쳤어?"

"누나."

황당해서 입을 다물자 권현진이 씩 웃었다. 그러곤 벌어진 내 남방 사이에 얼굴을 묻었다. 단추는 또 언제 풀었는지.

아무리 봐도 내가 문제다. 나는 저애의 웃는 얼굴에 너무 약했다.

"토요일까지 못 보잖아, 어?"

우리가 평일에 못 만나는 건 당연했다. 그런데 언제부터 그게 그렇게 힘든 일이 됐다는 거야. 어이가 없었다.

"냄새 미치겠다."

코를 처박고, 권현진이 금방 물속에서 올라온 사람처럼 가쁜 숨을 내쉬었다. 나보다 두 배는 더 커다란 애가 상체를 수그리고 내게 매달려 있는 게 좀 민망했다. 어차피 방학이라 사람도 안 다니는 길이었지만 부끄러웠다.

"자꾸 무슨 냄새가 난다는 거야."

간신히 밀어내자 권현진의 두툼한 흉부가 들썩였다. 달려들기 직전인 짐승의 눈을 하고서도 다행히 금방 떨어져나갔다.

"토요일에 보자, 잘 가."

"이나희. 밤에 데리러 온다. 금요일 밤."

"……"

"들어가서 전화해."

빌라 계단을 올라갈 때까지 차 소리는 들리지 않았다. 자취방에는 지율이가 없었다. 어두컴컴한 방에 불을 켜자, 그제야 밖에서 그르릉 엔진소리가 났다.

뻑뻑한 눈을 비비면서 나는 달력에 적힌 이번주 일정을 확인했다. 아침반 토익도 있지만 제일 시급한 건 과외 준비였다. 찬희만 가르칠 때는 따로 준비할 게 없었지만, 두 명한테는 정당한 과외비를 받고 있으므로 나도 준비가 필요했다.

방학중이어도 학회는 격주에 한 번씩 모임이 잡히는데다가 도서관 근로가 주 3일로 정해져서 평일은 만만치가 않았다. 과제가 많은 우리 과에서 아르바이트까지 하는 사람은 나뿐이었다.

"이번 달에 엄마 생일도 있지, 참."

나는 평범한 대학생이었다. 취업도 두렵고, 취업 준비도 두려웠다. 겁이 많아서 부지런히 서두를 뿐, 막막한 불안감에 늘 짓눌려 있었다.

반면 권현진은 두려움이 없는 애였다. 미래가 명확히 정해져 있으니까. 졸업 후 권진 전자에 입사해서 탄탄대로를 걸으리란 건 모두가 아는 사실이다.

그런 권현진과 함께 있을 때면 나는 현실을 잊었다. 그애의 몽환적인 섬유유연제 향기가 나의 고질적인 불안과 두려움을 잊게 했다. 특히 웃으며 나를 쳐다볼 때면 가슴이 두근거려서 아무런 생각도 들지 않았다. 내 심장의 주인이 내가 아닌 것만 같았다.

그러다 그애가 눈앞에서 사라지면, 나는 뒤늦게 회색빛 현실로 돌아와 혼자 남겨졌다.

—전화하라고 했지

—일찍 자라 이나희

—공부는 내일 좀 하고

연달아서 온 메시지에 나는 '응. 너도 얼른 가서 쉬어' 하고 대답했다.

빠듯한 내 일상 속에 권현진이 갑자기 비집고 들어올 때면, 나는 기쁘기보다는 씁쓸해졌다. 그애가 있는 환상과 내 현실의 괴리가 사람을 비참하게 만들었다. 타르처럼 불쾌한 그 감정은 내가 애써 외면하는 사실을 눈앞으로 건져올렸다.

과연 우리는.

나와 권현진은…… 언제까지 함께할 수 있을까.

제7장

미움과 원망을 담은 눈으로

권현진의 S대 합격 소식에 한남동이 발칵 뒤집혔다.

—말도 마. 회장님 난리도 아니야.

"그렇게 좋아하셔?"

외부 활동을 귀찮아하던 권 회장이 먼 조카의 결혼식에 참석하고, 그룹 총수 모임에 걸음을 하는 등 행보가 부쩍 늘었다.

—큰 도련님 자랑하려고 나가는 거지, 뭐. 월영사도 다시 가신단다.

바뀐 주지 스님이 마음에 안 든다고 발길을 끊은 사찰이었다. 그 나이에, 대기업 회장씩이나 된 사람이 자랑할 게 더 있을까 싶지만 할아버지 마음은 재벌이나 소시민이나 비슷한가보다. 장손이 S대에 붙었다고 동네방네 떠들고 다닐 권 회장을 생각하니 처음으로 인간미가 느껴졌다.

"엄마, 엄마 생일에 어디서 볼까? 맛있는 데 찾아보고 예약할까?"

—뭐하러 그래. 너도 바쁜데. 그냥 집으로 와. 사모님이랑 부사장님 집에 들어오지도 않아. 큰 도련님 자꾸 마주쳐서.

"권현진 요즘 한남동 자주 가?"

—그렇지 뭐. 회장님이 여기저기 데리고 다니려고 계속 부르시던데.

사모님은 배알이 꼴리다못해 속이 다 문드러졌다고 했다.

"엄마, 생일에 내가 케이크 사갈게. 여사님들이랑 같이 드시라고. 뭐 갖고 싶은 건 없어?"

전화 너머로 엄마가 싱겁게 웃었다.

—강아지가 그럴 돈이 있어? 찬희한테 용돈도 줬다며.

"걔는 그걸 말했어? 얼마 주지도 않았는데."

그때, 밖에서 길게 클랙슨이 울렸다. 참을성이라곤 눈곱만큼도 없는 권현진. 지율이가 집에 없으니 다행이지, 약속 시간보다 훨씬 빨리 와놓고 재촉했다.

"엄마, 내가 나중에 전화할게. 생일날 봐요."

—응, 공부 좀 쉬엄쉬엄해. 너무 열심히 하지 마, 나희야.

"네."

권현진과 부산에 1박 2일로 놀러가려는데 저런 소리를 들으니 양심에 찔렸다. 후다닥 짐을 챙겨서 내려가자 입구에서 있던 권현진이 내 가방을 들며 조수석 문을 열었다.

"과제는. 다 했냐?"

"응. 설계실에서 계속 밤새웠어."

"그러셨겠지."

어젯밤부터 보자는 걸 과제 때문에 거절했다. 부산 여행도 내 일정 때문에 몇 번이나 미루다가 이제야 가는 거였다. 아직도 앙금이 남았는지 애가 삐딱했다. 안전벨트를 매는 사이 핸드폰이 울렸다. 찬희한테서 온 메시지였다.

—누나 이거 봐

웬 포털 사이트 링크를 클릭하자 기사가 떴다. 뉴스 제목부터 어그로가 넘쳤다.

재벌 회장님의 통 큰 손자 사랑

지난 28일 권진 그룹 권형도 회장이 손자들에게 ㈜권진 주식 75만 주를 증여했다. 이들 특수관계자 중에는 미성년자(권준영, 권준서, 권진영)도 포함되어 있어 이번 주식 증여가 4세 경영의 본격 '신호탄'이 될 것으로 해석하고 있다.

특히 권형도 회장은 작고한 권진 전자 권정무 사장의 외아들이자 장손 권현진(19)군에게 1,600억 원 규모의 지분을 증여했다. 관계자는 "향후 경영권 승계 자금으로 활용될 것으로 풀이된다"며 4세 후계 구도에 영향을 줄 것으로 관측하고 있다. 재계 안팎에선 권영무 부사장을 위협하는 '경영권 흔들기'가 아니냐는 우려 섞인 시선을 보냈다.

상단에 떡하니 박힌 권 회장의 얼굴이 유달리 심술궂게 보였다. 연관 기사에는 '10대 주식 부자 순위' 따위가 있었다. 거기에도 보란듯이 권현진의 이름이 올랐다.

—진짜 대박이지??? 역시 재벌 클라쓰

권 회장은 S대에 합격한 장손에게 엄청난 배포를 보여줬다. 사모님이 치를 떠는 데는 다 그럴 만한 내막이 있었던 것이다.

—엄마가 그러는데, 현진이 형 한성 전자 손녀랑 약혼할 거 같대. 나랑 동갑인데 올해 입학한다던데? B여대

—무용과 한서연

—누나네 학교니까 함 가서 봐봐. 이쁜가 궁금

거기까지 읽고 핸드폰을 내려놓았다. 한성 전자라면 권진과 쌍두마차를 이루는 굴지의 대기업이었다.

주식 증여 기사부터 권현진의 약혼 소식까지, 모두 충격적인 내용인데도 놀랍진 않고 담담했다. 언젠가 이런 일이 생길 거라고 예감하고 있었다. 권현진은 주식 증여 같은 건 내게 언급하지도 않았다. 우리 사이에 권씨 일가의 일은 어느 순간부터 금기였다.

"목걸이 했네?"

부드럽게 차를 돌리며 대학가를 빠져나간 그애가 연신 나를 흘깃거렸다. 제 이름이 포털 사이트에 뜨거나 말거나 관

심은 오직 내 목에 걸린 목걸이였다.

"나희야, 잘 어울린다."

차가 신호에 걸렸을 때마다 내 머리카락을 걷고, 정말 목걸이가 거기 있나 확인하듯 목덜미를 들여다봤다. 운전대에 머리를 기대고 빤히 날 쳐다보는 얼굴에 만족스러운 미소가 걸렸다.

"근데 왜 목걸이만 했어?"

"팔찌는 너무 헐렁해서. 빠질까봐."

고속도로에 들어선 권현진이 전방을 주시하면서 오른손으로는 내 손목을 매만졌다. 손이 커서 그런지 권현진의 엄지와 검지 사이에 잡히고도 남았다.

"부러질 것 같다……"

"그 정도 아니거든."

"살 빠지면 안 되는데."

미간을 구긴 권현진이 글로브 박스를 열어보라고 눈짓했다. 물티슈가 필요한가 하고 몇 장 뽑아서 건네주었다. 그리고 아무렇지 않은 척 창밖으로 시선을 던졌다. 나는 괜찮다고 생각했는데, 뉴스 기사를 본 후부터 속이 어지러웠다.

"이따가 휴게소 들르자. 군밤 먹고 싶어."

“……진짜 눈 어디 달렸냐, 이나희.”

갑자기 날 타박한 권현진이 글로브 박스로 직접 손을 뻗었다. 목적은 물티슈가 아니었다. 옆에 있던 작은 상자였다. 대뜸 내게 안겨주는데, 생각도 못했던 거라 멍했다.

“이게 뭐야……?”

“뭐겠냐?”

권현진이 휴게소로 진입하기 위해 핸들을 돌렸다. 그애의 왼손 네 번째 손가락에서 못 보던 반지가 반짝였다.

“빨리도 알아챈다.”

피식 웃으며 내게 왼손을 보여줬다. 어떻게 여태 몰랐을 수가 있지?

“답답해서 숨넘어갈 뻔했네요. 둔해도 너무 둔해서.”

직전에 본 기사와 약혼 얘기 때문에 심란해서 자세히 살필 여유가 없었다.

“상자 열어봐.”

“……”

“나희야, 빨리.”

권현진의 닦달에 나는 무릎에 놓인 흰 상자를 응시했다. 이건 커플링이다. 정체를 알자 갑자기 작은 상자가 돌덩이처럼 무겁게 느껴졌다.

"열어보라고."

이어진 재촉에 나는 굼뜨게 상자를 열었다. 권현진의 손가락에 끼워진 것과 똑같은 반지가 나왔다. 각각 다른 실반지를 4단으로 붙여놓은 것처럼 특이한 모양이었다. 가운데는 화이트 세라믹과 촘촘히 박힌 다이아가 영롱한 빛을 발했다.

"내 손에는 웬만한 건 티가 안 나더라. 좀 눈에 띄는 거 하고 싶어서."

그 말대로 저애는 남자치고도 손이 커서 저렇게 널찍한 반지가 잘 어울렸다.

"껴봐. 사이즈 맞나 보게."

커플링은 짐작도 못했다. 주차하면서도 권현진은 멈춰만 있는 내 손을 주시했다. 떨떠름히 반지를 꼈는데 놀랍게도 딱 맞았다.

"괜찮네. 손가락이 가늘어서 안 어울릴 줄 알았는데."

그애의 손가락이 가볍게 리듬 타듯 핸들 위를 두드렸다. 기분이 썩 좋아 보였다. 차를 세운 권현진은 내 손을 어루만졌다. 반지를 낀 서로의 왼손이 겹쳐지자, 우리는 정말 커플처럼 보였다.

"예쁘다, 나희야."

나란히 둔 손을 뚫어져라 바라보던 권현진은 커플링을 낀 내 손등 위에 쪽쪽 입을 맞췄다. 그러곤 내 뺨을 잡고 입술에도 뽀뽀를 잊지 않았다.

"진짜 예쁘다."

이게 뭐라고 저렇게 기뻐할까. 안 그래도 잘생긴 얼굴이 대낮보다 더 환했다. 반지 같은 액세서리를 해본 적이 없어서인지, 나는 손가락에 족쇄가 채워진 것처럼 갑갑했다.

"잃어버리면 어떡해. 빠지거나 그러면."

"새로 사면 되지."

가볍게 대답한 권현진이 차에서 내렸다. 알 수 없는 불안감에 괜히 만지작거리던 빈 케이스를 권현진이 낚아채곤 곧장 휴게소 쓰레기통에 처넣었다.

"반지 절대 빼지 마. 알았지."

오랜만에 기분이 무척 좋아 보였다. 초장부터 여행을 망치고 싶지 않아서 나는 조용히 그 뒤를 따랐다.

부산에 도착한 우리는 점심을 먹고 용궁사며 기장이며 관광지를 돌아다녔다. 권현진은 한시도 내 손을 놓지 않았다. 차 안에서도 마찬가지였다. 반지를 빙글빙글 돌리거나 내 손을 입술에 가져가 뽀뽀했다. 그러다 제 손에 끼워진 똑같은 반지를 보고 흐뭇하게 웃기도 했다.

"너 오티는 언제 가?"

"안 갔는데."

"오티를 안 갔다고?"

"어."

태연한 대답에 나는 아연실색했다. 어쩐지 애가 한마디도 언급이 없는 게 이상했다.

"과 생활 어떻게 하려고 그래."

"안 해도 돼."

"안 해도 되긴……"

"관심 없다고. 나희야, 잠시만."

권현진이 짜증스럽게 핸드폰을 확인했다. 아까부터 전화가 울리고 있었다.

"여자친구랑 있어요. 주말은 거의 그렇죠. 네, 아저씨도요."

순간 심장이 쿵 내려앉았다. 윤종오 비서실장. 화면에 스치듯 이름이 보였다.

여자친구? 윤 부장한테 설마 내 얘기까지 한 걸까? 아니겠지? 조마조마해서 나는 입술이 말랐다. 물어볼 새도 없이 권현진이 계단을 가리켰다.

"티켓 사온다."

해상 케이블카 티켓을 사러 간 그애를 혼자 기다리는데 온갖 생각이 다 들었다. 손이 벽돌을 얹은 것처럼 무거웠다. 하얗고 마르기만 한 내 손가락에 왕관처럼 끼워진 반지가 어색하기만 했다.

장물을 들고 다니는 도둑의 심정이 이럴까. 반지를 볼 때마다 훔친 옷을 입은 사람처럼 심장이 불안하게 두근거렸다.

"이나희. 그대로 있어. 지금 진짜 예쁘다."

권현진은 바다를 배경으로 내 사진을 찍었다. 우리의 겹친 손을 찍기도 했다. 거의 텅 비어 있던 저애의 핸드폰 갤러리에는 온통 내 사진뿐이었다.

우리는 바람이 휘몰아치는 태종대 벤치에서 잠시 주위를 구경했다. 그 와중에도 권현진은 한없이 커플링을 만지작거렸다.

"이거…… 반지 말인데."

차라리 빨리 말하는 게 낫다. 차마 마주보고는 입이 안 떨어져서 나는 애꿎은 바닥만 응시했다.

"내 손에 잘 안 맞는 것 같아."

어렵게 꺼낸 말에 권현진은 뭔가를 직감한 듯했다. 잠깐의 텀을 두고 그애가 대답했다.

"줄이면 돼."

"불편하기도 하고."

"금방 익숙해져."

"현진아. 그러지 말고, 이 반지……"

어둡게 가라앉은 눈이 나를 쳐다봤다. 입술이 저절로 굳어졌다.

"반지, 그냥……"

"그냥 뭐."

언제 즐거웠냐는 듯 권현진의 목소리가 싸늘하게 식어 있었다.

"씨발, 뭐 어떡할까. 버려?"

나도 모르게 마른침을 삼켰다. 권현진은 당장 폭발할 것처럼 아슬아슬했다.

"혹시 환불은…… 안 돼?"

순간 권현진이 어이없다는 듯한 비소를 터뜨렸다. 미안하지만 환불 외에는 어떤 대안이 떠오르지 않았다. 그애는 한참 동안 말없이 제 손에 낀 반지만 내려다보았다.

"무난한 걸로 바꾸면?"

차라리 평소처럼 성질을 부렸다면 나도 죄책감이 덜했을 텐데. 권현진은 자존심을 죽이고, 타협을 택할 만큼 커플링을 원했다.

"얇은 거. 티 하나도 안 나는 거."

나는 뻣뻣하게 고개를 저었다. 저애가 갖고 온 커플링은 확실히 특이하고 눈에 띄긴 했지만, 애초에 디자인의 문제가 아니었다. 나는 우리의 관계가 세상에 현시된다는 게 무서웠다. 그 증거물을 몸에 걸치고 다닌다는 자체가.

이걸 보고 누군가 우리 사이를 추측하고, 내가 권현진을 도둑질했다는 걸 세상이 알아버릴까봐 겁이 났다. 저애를 나한테서 다시 빼앗아갈까봐……

저릿한 시선이 내 손으로 향했다. 이미 나는 손가락에서 뺀 커플링을 들고 있었다. 돌려주기 직전의 반지를 보고, 그애가 허무하게 읊조렸다.

"진짜 사람 기분 엿같이 만드는 데 뭐 있다, 이나희."

벤치에서 일어난 권현진이 내게서 반지를 강탈해갔다. 그러곤 자기 반지도 빼서 같이 바다에 던져버렸다. 나는 저 멀리 날아가 퐁당 파도 속으로 사라지는 반지를 눈으로 좇았다.

우리의 커플링은 그렇게 바다에 수장되어버렸다. 순식간에 흔적도 없이 반지를 내버린 권현진은 미련 없이 바다를 등지고 돌아섰다. 벤치에 있던 내 가방을 주워 들곤 아무렇지 않게 물었다.

"저녁 뭐 먹을래."

"현진아."

나는 대역죄인이 된 기분이었다. 어쩔 줄 모르고 눈치만 보는데, 권현진이 시선을 내린 채 말했다.

"없었던 일로 해."

"미안, 근데 네가 너무 갑작스럽게 준비해서."

"반지 얘기 그만하자."

불쑥 말허리를 자르며 권현진이 치고 들어왔다.

"싸우기 싫다, 너랑."

화를 참는 게 느껴졌다. 시작부터 삐걱거린 여행이었다.

내내 살얼음 위를 걷는 것처럼 불안했다.

"저녁 어디 갈래. 너 해산물 좋아하지. 호텔 가서 코스 먹자."

권현진이 내 손을 잡았다. 반지가 사라졌어도 커다란 손은 여전히 뜨끈뜨끈하고 다정했다. 내가 손을 빼자, 권현진이 단번에 걸음을 멈췄다.

"왜."

"추워서. 팔짱 끼려고……"

굳었던 표정이 그제야 풀렸다. 권현진은 내 손을 잡아 제 코트 주머니에 넣었다. 훨씬 따뜻했다. 주차장까지 걷다가 문득 분식집이 눈에 들어왔다. '어묵 고로케'라고 적힌 종이가 붙어 있었다.

"우리 저거 먹을래? 저거 맛있는데."

"야."

또다시 권현진이 멈춰 섰다. 호칭을 보아하니 뭔가 빈정 상한 듯했다.

"씨, 너 부산 와봤지."

들키고 말았다. 권현진이 같이 여행을 가자고 그렇게 닦달했던 이유는 나와 첫 경험을 공유하고 싶었기 때문이다. 장소, 음식, 경치, 그 순간의 모든 걸 처음으로 함께 경험할 수 있는 게 바로 여행이니까. 하지만 나는 부산이 처음이 아니었다. 두번째였다.

"누구랑 왔는데."

"지율이……"

"언제?"

"……작년."

"하."

권현진의 눈가가 일그러졌다. 나는 황급히 해명했다.

"너 종일 공부하는데, 난 놀러간다고 말하기 좀 그래서. 그리고 당일치기였어."

"맥빠진다."

"미안."

허공을 응시하는 그애의 턱선이 한층 선명해졌다. 그 와중에도 코트 속에 넣어둔 내 손을 내쫓지는 않았다.

"김창진 그 새끼는?"

"걔는 강아지 아파서 못 갔어."

"멀쩡했으면 같이 갔겠다?"

불시에 던져진 질문이라 당황스러웠다. 권현진의 한없이 삐뚤어진 시선에 내가 말실수했다는 걸 깨달았다.

"당연히 절대 같이 안 가지."

뒤늦게 정정했지만 이미 늦었다. 날 노려보는 시선이 세차게 달아올랐다.

"해운대, 용궁사, 기장도 다 가봤겠네."

"으응."

"하…… 온천도?"

"기차 타기 직전에…… 씻고 싶어서."

이른 새벽, 해도 뜨기 전에 출발해서 부산 구석구석을 모조리 누볐다. 사실 나와 지율이는 당일치기 철도 여행의 달인이었다. 부산 외에도 여수, 전주, 강릉 등 여기저기 다녀왔다. 최대한 티를 안 내려고 했는데 어이없이 들켜버렸다.

"그래도 다시 와서 보니까, 완전 새로운 거 있지? 그땐 여름이어서 지금이랑 달랐어. 우리 카페 가서 야경 보자. 감천문화마을 거기도 되게 이뻐."

"싫어. 안 가."

"왜, 여기까지 왔는데. 우리 다 가보기로 했잖아. 가자, 응?"

"너나 실컷 가세요."

애가 단단히 토라져선 풀릴 기미가 안 보였다. 그래도 어딘가 목적지는 있는지, 권현진은 차에 타자마자 벨트를 맸다.

"아까 차에서 실컷 잤지, 이나희."

"네가 자도 된다며."

"어."

직접 시트를 뒤로 젖혀준 것도 저애였다. 그때는 어떤 꿍꿍이가 있는지 몰랐다. 배려인 줄 알았다.

"호텔 가선 자지 마라."

의미심장한 목소리가 집요한 밤을 예고했다.

권현진이 예약한 호텔은 광안대교가 한눈에 내려다보이는 코너 스위트룸이었다. 전면에 사진을 갖다붙여놓은 게 아닐까 싶을 정도로 뷰가 어마어마했다.

"우와……"

엄청난 전망에 나는 거의 넋을 놓았다. 처음에 뿌듯해하던 권현진은 나중에는 그것마저 심통을 부렸다. 미운 일곱 살도 저애보다는 변덕이 덜할 것이다.

"봐. 구경해, 마음껏. 눈 감으면 어떡하냐. 야경 봐야지,

나희야."

욕실에서 나오자마자 룸서비스를 시켜 먹이고는 바로 누우면 안 된다며 소파에 앉은 나를 제 무릎에 앉혔다.

"이건 왜 볼 때마다 커지냐?"

"하기 전이라서 그래."

"하기 전?"

"'그날' 전이라고."

"아. 그날."

권현진이 씩 웃었다.

"그럼 지금 피임 안 하면 임신할 수도 있겠네."

대체 무슨 상상을 하는 건지. 그애 시선이 탁해졌다. 음험한 미소가 걸린 권현진의 얼굴이 뒤늦게 날 향했다.

"우리 지금은 애 가지면 안 되겠지?"

마치 임신이 우리의 근미래 계획이라도 되는 듯 지껄였다. 나는 가정조차 해본 적이 없었다. 황당해서 대답할 가치조차 못 느낄 정도로.

"그치, 나희야."

그런데 권현진은 내 침묵에 일말의 희망이 있다고 생각했는지 재차 확인받으려 했다.

"안 되지?"

"절대…… 싫어. 안 돼."

"어, 그럴 줄 알았어."

태연하게 대답한 권현진이 왼쪽, 오른쪽 빰에 번갈아 입을 맞췄다.

"당분간은 전부 내 거네. 좋다."

'당분간'이 아니라 적어도 10년 안에는 그럴 일이 안 생길 거다. 아니…… 나와 권현진 사이에 임신 같은 건 영원히 없을 일이다. 괜한 생각에 기분이 가라앉았다. 권현진이 부드러운 머리카락을 습관처럼 슥슥 넘기더니 귀에 속삭였다.

"임신시켜줘?"

무슨 소리야. 설마 저애가 그냥 하려는 건 아니겠지? 불현듯 떠오른 생각에 나는 파드득 몸을 뒤틀었다. 버둥거리니까 권현진이 결박하듯 내 손을 등뒤로 잡고는 저열하게 속삭였다.

"내 소원이었는데."

"미쳤어? 하지 말라고 했잖아……!"

권현진이 내게 이런 짓을 할 줄 몰랐다. 속에서 뜨거운 열기가 치받쳤다. 거칠게 가슴을 들썩이는데, 권현진이 그대로 멈췄다. 나는 배신감에 절절 끓었다. 저런 애를 믿었다는 사실에 절망해서 베개에 얼굴을 파묻었다.

그런데 뒤로 당겨진 손에 라텍스 필름이 만져졌다.

"이나희. 놀랐어?"

안도와 동시에 손쓸 새도 없이 눈물이 터졌다.

"미쳤냐. 이런 걸로 걱정시키게?"

여느 때보다 다정한 목소리였다. 권현진이 상체를 숙이며 몸을 겹쳐왔다.

"너 불안하게 절대 안 해."

나는 마구잡이로 팔을 휘둘렀다. 어깨며 가슴을 퍽퍽 때렸다.

"세게 때려. 더."

권현진은 한 대도 피하지 않고, 날 막지도 않고, 고스란히 주먹질을 다 맞았다.

"피임 계속 잘할 거야. 당연한 거 아냐?"

목소리에 억울함이 묻어났다. 사실 피임 도구를 챙긴 건 줄곧 권현진이었다. 따로 말하지 않아도 그랬다.

"이런 걸로 너 복잡하게 안 해. 알았지, 이나희."

내가 자꾸만 뿌리치자, 이제는 권현진이 뒤에서 나를 꽉 끌어안았다. 더는 꼼짝할 수가 없었다.

"나희야. 누나. 예쁜 누나."

젖은 머리카락을 귀 뒤로 넘기며, 권현진이 내 뺨에 점점이 입을 맞췄다.

"잘못했어요. 한 번만 봐주세요."

"……"

"다신 장난 안 칠게."

자상하게 속삭이며 용서를 구하는 몸짓이 사랑스러웠다. 그랬다. 나는 벌써 권현진을 용서하고 말았다.

"이렇게 놀랄 줄 몰랐지. 평소처럼 했으니까 당연히 아는 줄."

"느낌이…… 달랐단 말이야."

"왜 다르지? 똑같은데."

이거 보라며, 권현진이 눈짓했다. 그래도 제풀에 죽었다니 최소한의 양심은 있는 놈이었다. 패자처럼 쓰러져 있는 저 괴물 놈이 갑자기 불쌍해 보였다. 못된 놈인데. 나를 농락하고, 괴롭힌 놈인데…… 괘씸하게도 꿈틀거리기 시작했다.

"뭐야."

"그러네. 쓰레기 새끼네, 이거."

나는 권현진을 돌아봤다. 분명 처음에는 이 정도가 아니었다. 그런데 어째 갈수록 뻔뻔해진다. 물끄러미 쳐다보자 권현진은 변명하듯 곱게 눈웃음을 쳤다.

"예쁜 누나가 쳐다보니까, 그러니까."

"아부 장난 아니다, 너……"

"진심인데요."

"그만 좀 해, 이 변태야. 너 어떡할래? 나한테 변태인 거 들켜서."

"괜찮아. 차라리 마음 편하고 좋네."

자연스럽게 내 위에 올라타고는 미친 소리를 지껄였다.

"나희야, 잠은 차에서 자자."

아연실색한 날 보면서도 권현진은 웃을 뿐이었다.

부산을 떠나기 전, 우리는 권현진이 미리 찾아뒀다는 바닷가 앞 카페에 들어갔다. 안에는 세련된 음악이 흘렀고, 거대한 샹들리에가 홀을 장악하고 있었다. 카페라기보단 컨템퍼러리 미술관 같은 인테리어가 인상적이었다.

"여기 되게 넓다."

그동안 주차 때문에 넓은 카페만 다녔지만, 이곳과는 비교가 안 됐다. 내부도 웅장한데, 테라스며 외부 공간도 만만찮은 초대형 카페였다.

권현진 덕분에 비싸고 좋은 곳을 다니고 있지만 나는 뼛속까지 서민이었다. 아메리카노 한 잔에 만 원이 넘는데도 이렇게 손님이 많다는 게 내게는 생소한 충격으로 다가왔다. 두리번거리는 나를 두고, 권현진이 천천히 빨대를 휘저으며 말했다.

"어머니 말인데."

"응?"

어머니……? 어떤 어머니를 말하는 거지?

사장님 부부는 돌아가신 지 오래였다. 도통 감을 잡지 못하고 있는데, 음료에만 시선을 둔 권현진이 차분하게 입을 열었다.

"이런 카페 하나 운영하시는 거 어때?"

순간 멍해졌다. 저애가 말한 게 내가 이해한 게 맞나?

"지금 우리 엄마 말하는 거야?"

"어."

권현진이 우리 엄마를 부르던 호칭은 분명 '이 실장님'이었다. 그런데 언제 '어머니'로 둔갑했을까. 당황해서 나도 모르게 눈만 깜빡였다.

"어머니 빨리 퇴직하시고 경치 좋은 데서 지내시면 너도 마음 편하지 않나. 가까운 데 모시고 싶으면 서울이나 근교도 괜찮고."

"됐어. 우리 엄마가 이런 거 차릴 돈이 어디 있다고."

농담으로 웃어넘기려는데 권현진이 무표정한 낯으로 눈을 들었다.

"내가 지금 무슨 얘기하는지 모르는 거 아니잖아, 나희야."

평소와 달리 침착하기만 한 그애가 낯설었다. 권현진은 오랫동안 생각해온 얘기를 꺼낸 듯 진지했다.

"카페가 별로면 한림채 같은 식당은 어때."

'한림채'는 얼마 전 권현진이 날 데려갔던 소갈빗집이었다. 강남 한복판에 건물 하나를 통으로 쓰는데다 어마어마하게 비쌌다.

"별로…… 우리 엄마 그런 데 관심 없어."

"여쭤본 적이나 있냐?"

"물어보진 않았지만……"

"어머니 생각 어떠신지 여쭤봐. 식음료 말고 다른 데 생각 있으실지 모르니까."

어머니란 말이 잘도 나온다. 어이가 없어서 입술이 다 말랐다.

"호텔이나 골프장 운영도 어울리실 거 같은데. 전문가 고용하면 골치 아프게 관리하실 일도 없다고 말씀드려."

호텔? 골프장? 상상도 해본 적 없는 일이었다. 설마 이런 얘길 하려고 일부러 여기까지 데려왔나?

"알았지, 이나희. 어떤 게 좋을지 어머니한테 종목 여쭤봐. 절대 부담 갖지 마시라고 이야기 잘하고."

나한테 폭탄을 던져놓고 권현진은 태연하게 자리에서 일어섰다.

"꼭 여쭤봐라. 내가 가서 어머니한테 직접 듣기 전에."

그애가 대학생활을 시작하고도 우리의 일상은 크게 달라지지 않았다. 평일에는 내가 너무 바빠서 생존 신고를 하는 정도로 연락하고, 주말에만 겨우 얼굴을 봤다. 심지어 그것도 점점 격주가 되어가고 있었다. 만남의 횟수와 시간이 줄어들자 권현진의 불만이 점점 쌓여갔다. 그걸 받아주려고 만나는 날에는 그애가 하자는 대로 다 했다.

운전과 여행을 좋아하는 권현진 때문에 우리는 전국 방방곡곡을 다녔다. 지역은 늘 내가 한 번도 가보지 않은 곳을 골랐다. 장성의 황룡강, 함양, 산청, 양양, 남해 등 차로 갈 수 있는 곳에 한해서.

"올라와서 기다리든가."

―룸메이트는?

"지율이 짐 뺐어. 반수한다고 학원 들어갔거든."

그대로 전화가 끊어졌다. 농담을 조금 보태서 5초도 안 되어 벨이 울렸다. 권현진은 늘 내가 사는 집을 궁금해했다. 하지만 룸메이트인 지율이 때문에 한 번도 구경을 못했다.

"들어와. 마실 건 없지만……"

"여기야?"

설계실을 왔다갔다 하느라 자취방은 그다지 깔끔하지 못했다. 변변찮은 손님 대우에도 권현진은 들떠 있었다.

"네 냄새 난다, 이나희."

금광을 발견한 업자처럼 그애는 온 사방을 둘러보기 바빴다. 우리집 천장이 저렇게 낮았나? 그애 머리가 닿을까봐 조마조마했다.

"그야 내 집이니까…… 좀 좁지."

"아니. 딱 좋은데?"

나와 지율이 둘이 살 때는 분명히 널찍했다. 그런데 권현진이 들어오자마자 마법처럼 공간이 좁아졌다. 권현진은 룸메이트가 나갔다는 사실에 눈에 띄게 기뻐했다.

"이제 외박도 자주 할 수 있겠네. 나도 여기 놀러올 수도 있고."

"여길 뭐하러 놀러와. 집도 좁은데."

"너무 좋다. 아늑하고."

벽지는 대체 왜 만져보는 걸까. 사신이 아방궁 구경하듯 권현진은 정신이 없었다. 나와 지율이가 썼던 등받이 없는 식탁 의자는 저애한테 너무 작아서 하는 수 없이 내 침대에 앉혔다.

"너 불편하니까 빨리 마무리할게. 여기 잠깐만 있어."

발표 자료를 미처 다 넘기지 못했다. 새벽에 작업하다 깜빡 잠들어서 서둘러 하던 참인데, 권현진이 너무 일찍 왔다.

"이게 네 책상이야?"

"응."

좁은 내 방에 맞는 평범한 1인용 책상이었다. 전공 서적이 쌓여 있고, 만들다 만 패널과 프린트물로 하필 오늘따라 더 어지러웠다. 별로 자랑스러울 것도 없는 내 책상을, 그애가 교주님 제단 구경하는 사이비 신자처럼 샅샅이 살폈다.

"와……"

권현진은 내가 앉아 있는 싸구려 학생 의자와 서랍도 괜히 한번 만져보더니 침대로 돌아갔다. 서민이 어떻게 생활하는지 처음 봐서 신기했나? 유난스러운 반응에 나만 멋쩍었다. 내 침대에서 부스럭거리던 그애는 한참이나 말이 없었다.

"이나희."

마우스를 움직이는 내 뒤에서 나른한 목소리가 들려왔다.

"네 이불 줘."

"내…… 이불?"

"어. 베개도 줘. 네 매트리스도."

또 무슨 헛소리지. 돌아보니 권현진이 내 침대에 누워 있었다. 나한테나 맞는 싱글 사이즈여서 다리가 침대 밖으로 튀어나왔다. 그런데도 좋은지……

"이 집도 줘."

"……"

"너도 내놔."

내 베개를 베고, 내 이불을 안고 있던 권현진은 구름 위에 누워 있는 듯 어떤 황홀경에 빠져 있었다.

"나도 여기서 살고 싶다…… 네 냄새나는 데서……"

저렇게 좋아할 줄 알았으면 진작 와보라고 할걸.

"조금만 쉬고 있어. 한 시간이면 끝나."

나는 다시 고개를 돌리고, PPT와 대본을 비교하면서 보충 설명을 적었다. 집중력을 발휘해서 거의 완성을 앞둔 그때였다.

"나희야."

"응."

"우리 결혼하자."

"뭐?"

조용해서 잠든 줄 알았던 권현진이 뒤에서 폭탄을 던졌다.

"학부까지만 여기서 하고 바로 미국 갈 거거든. 우리 결혼하고 같이 석사 하러 가자. 올해 안에 결혼하자. 아니면 내년. 빠르면 빠를수록 난 좋아."

장난인 줄 알았는데 진심이었나. 권현진의 목소리가 진지

했다.

"나희야."

"……"

"이나희. 대답 좀 해줘, 어?"

어느새 몸을 일으킨 권현진이 나를 재촉했다. 누가 머릿속을 국자로 휘저은 것처럼 정신이 없었다.

"우리 결혼하자고."

"결혼이 뭐 장난인가…… 아직 졸업도 안 했는데 무슨 결혼이야."

말끝을 흐린 나는 발표 자료 만드는 데 다시 몰입하려 했다. 하지만 마우스를 움직이는 손은 한없이 느려졌다.

"이나희."

내 불안감이 옮은 듯 권현진의 목소리가 한층 낮아졌다.

"어머니한테 여쭤봤어?"

속이 철렁했다. 또 그 얘기였다. 나는 알면서도 모른 척했다.

"내가 가?"

답답하다는 듯 권현진이 머리를 쓸어올렸다.

"한남동 가서 내가 여쭤봐? 사업체 차려드릴 테니까 빨리 퇴직하시라고, 내가 말씀드리면 되냐고."

엄마한테 우리 관계를 밝히는 건 자신이 없었다. 나는 아직 마음의 준비가 되지 않았다.

"네가 싫어할까봐 그냥 기다렸어. 어머니 마주칠 때마다 많이 놀라시겠구나 싶어서 네가 말씀드릴 때까지 참았다고. 근데 나 언제까지 기다려야 되는데, 어?"

우리 사이에 긴 침묵이 흘렀다. 내가 끝내 대답하지 않자 권현진은 계획을 바꿨다.

"나희야. 우리 졸업도 같이하잖아. 넌 5년제고 난 4년이니까."

언제 다그쳤냐는 듯 그애가 자상하게 나를 얼렀다.

"어차피 결혼할 거 서두르는 게 낫지, 뭐하러 시간을 끌어. 넌 지금 시간 내는 것도 힘든데."

"……"

"네가 뭘 걱정하는지 나도 알아. 아는데, 괜찮아. 우리 잘 되라고 응원해주는 사람도 있어."

권현진은 우리가 반드시 결혼해야 하는 이유를 하나씩 설명했다.

"잠들기 전까지 같이 있고, 눈뜨자마자 보고, 한 침대에서 잠들고. 얼마나 좋냐? 내가 너 서포트할 수 있고…… 야."

고조되어 있던 음성이 일순간 확 싸늘해졌다.

"메시지 온다?"

권현진이 침대에 굴러다니던 내 핸드폰을 내려다보며 말했다. 화면에 뭐가 떴는지, 고운 인상이 확 구겨졌다. 곧장 눈을 치켜뜨는 그애한테서 냉기가 흘렀다.

"왜 너한테 남자 소개를 못해서 난린데, 이 새끼는."

창진이 얘기였다. 교양 과목을 바꿔주는 대가로 동기가 소개팅을 해달라고 했단다.

"무시해, 그냥."

"뭘 무시해."

내 핸드폰을 노려보던 그애의 눈가가 확 찌푸려졌다.

"설마 벌써 만났냐?"

"만나긴 내가 누굴 만나. 너랑 볼 시간도 없는데."

"근데 소개해달라는 새끼가 네 얼굴을 어떻게 아는데."

"고등학교 애들이랑 다 같이 찍은 사진에서 봤대."

창진이는 스포츠산업학과로 동기 대부분이 남자였다. 난 이미 거절했는데, 그 동기가 자꾸 소개해달라는 말을 하니까 창진이도 중간에서 난감한 거다.

"이나희. 너 남자친구 있다고 왜 친구들한테 말 안 하냐?"

"그게…… 창진이가 찬희랑 같은 게임을 해서…… 둘이 피시방 같이 다녀."

"하."

권현진은 말문이 막힐 정도로 황당해했다. 마른세수하듯 잘생긴 얼굴을 쓸어내린 그애가 확 이불을 걷고 앉았다.

"이찬희 공부 안 해? 그 새끼는 S대 간다면서 무슨 게임이야."

"수시 쓴대."

"수시는 만만하냐?"

"S대 말고 S교대……"

"교대는 뭐 쉬워?"

"찬희 초중고 내내 반장이었어. 내신도 나보다 좋아."

"아. 새끼, 진짜. 지 누나 닮아서 똑똑하네, 열받게."

무릎 위에 팔꿈치를 올리고 삐딱하게 앉은 꼴이 꼭 수금하러 온 깡패 같았다. 이마를 쓸어올리며 시선을 돌리던 권현진이 냉장고 밑을 보곤 멈칫했다.

"이나희. 저거 뭐야."

희끄무레한 뭔가가 튀어나와 있었다. 손목에 차는 나이키

아대였다. 나도 미처 몰랐던 걸 저애가 귀신같이 발견했다. 아니, 이게 왜 여기 있지? 누가 봐도 남자 물건인데 나도 아는 바가 없어서 말문이 막혔다.

"야. 저거 이찬희 거 아니지."

불현듯 떠오르는 장면이 있었다. 손목에 흰색 아대를 차고 신나서 짜장면을 먹는……

"누구 거야."

"창진이 거 같은데. 지율이 짐 옮기는 거 도와준다고 며칠 전에 왔었어."

"그 새끼는 이찬희하고도 친하고, 이 집에도 들락거렸어?"

"들락거린 게 아니고 딱 한 번 온 거야. 걔가 아빠 차로 지율이 짐 옮겨줄 수 있다고 해서."

신경질적으로 머리를 쓸어넘기던 권현진이 이제는 숫제 황당하다는 듯이 웃었다.

"야. 전화 온다?"

그러면서 손에 든 핸드폰을 내게 보여줬다. 이름이 잘 안 보여서 고개를 빼는데, 친절하게도 권현진이 발신자를 확인시켜줬다.

"도윤이?"

"받지 마!"

급히 침대로 몸을 날렸다. 핸드폰을 뺏으려고 손을 뻗었는데, 권현진은 너무도 쉽게 나를 저지하고 침대에 눕혔다.

"이거 그때 그 새끼지. 너한테 술 사달라고 지랄하던."

골치가 아팠다. 나는 손으로 눈가를 가렸다.

"전화 받지 마. 핸드폰 이리 줘."

"전화는 왜 받지 말래."

"그냥…… 받지 마."

"왜."

가끔 권현진의 촉에 놀랄 때가 있다.

"도윤이가 고백이라도 했어?"

정확했다. 그래서 과외도 끝냈다. 어차피 과제 때문에 더는 시간이 없기도 했지만 도윤이의 고백이 결정적이었다.

"이찬희 친구라며. 그냥 과외하는 애라며, 나희야."

나도 정말 그렇게만 생각했다. 남동생 친구. 단둘이 하는 것도 아니고, 그룹 과외라 특별할 것 없다고 생각했다.

"내가 분명 그랬지. 이 새끼가 너 좋아한다고."

할말이 없었다. 나도 도윤이가 그렇게 절절하게 날 짝사랑하고 있는 줄은 꿈에도 몰랐으니까.

"난리도 아니네요. 전화에, 문자에…… 여대 다니는데 남자가 바글바글하네. 인기 많아서 좋겠다, 이나희."

"빈정거리지 마."

"너, 그래서 나한테 핸드폰 안 보여주는 거지. 온갖 병신 새끼들한테 연락이 너무 많이 와서."

"욕 좀 그만해. 그리고 핸드폰을 대체 왜 보여줘야 하는데……"

권현진은 예전부터 나에게 핸드폰을 보여달라는 신호를 보내왔다. 제 것은 언제든 오픈할 수 있으니 내 것도 까라는 듯이. 하지만 나는 거기까지 보여주긴 싫었다. 내 핸드폰에는 구질구질한 일상이 고스란히 담겨 있으니까.

"네 비밀번호 이미 알아, 이나희. 근데……"

권현진이 쥐고 있던 핸드폰을 내 눈앞에 들어 보였다.

"네가 열어. 네 손으로 직접 보여줘."

"싫어."

나는 그애를 세차게 노려보다가 핸드폰을 낚아챘다. 시야를 가로막은 넓은 어깨도 밀었다.

"비켜. 답답해."

하, 코웃음친 권현진이 몸을 물리며 목소리를 낮췄다.

"진짜 사람 열받게 한다. 지금 누가 화내야 하는데. 나 어디까지 참아야 하는데."

"넌 왜 날 못 믿어?"

"누가 못 믿는다고 했냐?"

"지금 이게 못 믿는 거잖아. 네 눈으로 다 확인해야겠다며."

"이나희. 네가 매번 이런 식으로 나오니까 보여달라는 거야. 감출 게 없으면 뭐가 문젠데?"

분명 작년까진 어눌할 때가 있었는데, 사람들과 어울리면서부터 권현진은 한국말이 확 늘었다. 저렇게 몰아붙이면 나는 종종 당황해서 말문이 막혔다.

"나도 프라이버시가 있어."

"프라이버시 같은 소리 한다. 대체 나는 너한테 몇 번째냐? 가족, 친구, 학교, 취업 그리고 제일 마지막이 나지?"

"권현진."

"나한테 왜 못 보여주는데. 왜 숨기냐고."

내가 거부하면 늘 물러서던 애가 이번에는 양보하지 않았다.

"네가 누구랑 어디서 뭐하는지, 당연히 궁금한 거 아냐?"

"넌 궁금한 게 아니라 불안한 거야. 날 못 믿으니까."

"어, 그래. 불안해. 불안해서 미치겠다고. 사람 미치게 만드는 게 누군데!"

결국 속내를 털어놓은 권현진이 길게 숨을 골랐다. 끓는 속을 애써 삼키는 게 내 눈에도 보였다.

"더 불안해하기 싫어. 너랑 싸우기도 싫고, 나희야."

"……"

"그러니까 빨리 결혼하자는 거잖아."

어느새 감정을 갈무리한 권현진이 금세 말투를 교정했다. 퍽 사근사근한 투로 부드럽게 나를 회유했다.

"결혼하면 이런 거 싸울 일도 아니야. 문제도 안 돼."

"말도 안 되는 소리 좀 하지 마. 자꾸 결혼은 무슨……!"

"왜 말이 안 되는데."

"……"

"왜 말이 안 되냐고. 성인 되자마자 동거하고 사실혼 상태로 사는 사람도 많아. 한국이 유독 초혼 연령이 높은 거지."

"나는……"

왜 말이 안 되냐고? 모두가 아는 사실을 정말 너만 모르는 걸까. 아니면 모르는 척하는 걸까.

"……난 너 힘들어, 권현진."

평정을 가장하던 잘생긴 얼굴에 조금씩 금이 갔다.

"사실은 만나는 것도 좀 버거워."

내 딴에는 고르고 고른 말이었다. 곱게 자란 도련님을 위해서. 저애를 상처 입히지 않으려고.

"그런데 어떻게 결혼까지 해. 나는 아직 생각해본 적 없어. 너랑…… 결혼 같은 건."

그애 얼굴에 점점 핏기가 가시더니 어느새 얼음처럼 굳어졌다. 날 마주보던 권현진의 시선이 천천히 밑으로 가라앉았다. 내리깐 눈동자에 금세 빛이 사라지고 굵은 목울대만 몇 번 움직였다. 희게 질려가는 표정을 멍하니 바라보다가, 당황해서 손을 뻗었다.

"권……"

권현진은 그대로 날 비켜서더니 건물을 나가버렸다. 쾅. 조심성 없이 닫힌 현관문 때문에 집이 다 흔들렸다.

아니, 흔들리는 건 나였다. 집이 아니라.

어쩌면 이 순간이 우리의 마지막일지도 모른다. 내가 저애를 붙잡지 않고, 권현진이 내게 돌아오지 않는다면. 그럼 우리는 끝나는 거다. 뭐든 시작하는 건 어려워도 끝내기는 쉬우니까.

사귀자는 말 한마디로 가족보다 가까운 사이가 되었다가, 헤어지자는 선고 한 번에 다신 말도 붙일 수 없어지는 게 바로 남녀관계다. 하물며 우리는 사귀자는 말도 없이 모호하게 시작된 물거품 같은 관계였다.

이대로 헤어지는 것도 나쁘진 않았다. 의식 저편에선 언젠가 권현진과 이별하리란 걸 예감하고 있었으니까. 저애의 약혼 상대마저 정해진 지금이 관계를 정리할 적기였다.

생각해보니 웃겼다. 누가 신경이나 쓴다고. 어차피 우리가 사귀었다는 사실은 아무도 모를 텐데……

이별은 아무것도 흔들지 못할 거다. 연약한 우리의 관계는 아무런 힘도 없으니까. 권현진은 그애의 온실에서, 나는 여기서 내 현실을 살면 된다. 슬프지만 각자의 일상은 달라지지 않을 것이다. 내게는 지켜내야 할 현실이 있다. 그렇게 결심하고 노트북을 다시 켰다.

그런데, PPT에 권현진, 그애의 얼굴이 박혀서 아무것도 보이지 않았다. 절망한 그애의 눈이 나를 끌어당겼다. 버려진 아이처럼 허공을 헤매던 눈망울, 그 안에 일렁이던 설움……

도저히 놓을 수가 없었다. 제발 붙잡아달라 애원하는 건 그애가 아니라 나였다.

우리는 다르다고, 우리는 어울리지 않는다고, 알려지면 우리는 금방 헤어지게 될 거라고. 습관처럼, 나를 지키는 무기처럼 되뇌었던 말들은 이 순간에는 아무짝에도 소용이 없었다.

나는 권현진과 헤어질 준비가 되지 않았으니까.

곧장 노트북을 닫고 슬리퍼를 신었다. 문을 열고 급히 빌라 계단을 내려갔다. 밖에 세워둔 차는 그대로였다. 어둡게 선팅된 차창 안으로는 아무것도 보이지 않았다. 창문을 두드려도 반응이 없었다. 심장이 무섭게 뛰었다. 그사이 대체 어딜 갔을까.

내가 너무 무심했어. 무서워서 그랬어. 날 지키려고 너를 상처 줬어.

사과해야 했다. 어쩌면 나 못지않게 그애도 다툼이 지긋지긋해졌을 것이다. 방어적인 내게 이미 질려버렸는지도 모른다. 터덜터덜 빌라 계단을 오르는데, 문 앞에서 숨이 멎을 뻔했다.

위층으로 올라가는 계단, 바로 거기에 권현진이 있었다. 내 집에서 멀리 가지도 못하고, 현관문 바로 앞 계단에서 팔꿈치를 무릎에 얹고, 얼굴은 손에 파묻은 채 그냥 앉아 있었다. 정신이 없어서 모르고 지나쳐버린 것이다.

어떻게 놓쳤지? 저렇게 큰 애가 저기서 저러고 있는데, 나만 기다리고 있었는데.

몸을 숙여서 눈높이를 맞췄다. 잘생긴 얼굴을 죄 파묻은 권현진의 손을 잡았다. 빼려고 당겨도 미동도 안 했다.

단단히 상처받았구나. 내 집 앞에서 석상이 되어버린 그애의 심정이 어떨지 나는 짐작도 되지 않았다.

"현진아."

그애 앞에 쪼그려앉아서 살살 손등을 간지럽히기도 하고, '열려라 참깨' 하고 주문을 걸듯 톡톡 두드려보기도 했다. 그러나 여전히 아무런 반응도 없었다.

"권현진, 나 보기 싫어?"

말다툼하다가 정이 다 떨어졌나.

"나중에 다시 얘기할까? 지금은 나 그냥, 집에 들어가……?"

그제야 권현진이 고개를 들었다. 붉게 충혈된 눈이 온갖 복잡한 감정을 담고 나를 응시했다. 흠칫한 나는 뻗었던 손을 허공에 멈추고 말았다. 설움에 젖은 저애가 너무 아파 보여서 감히 만질 수가 없었다.

저런 얼굴을 보이기 싫어서 고개를 들지 않았던 거다. 완전히 압도당한 나는 미안하다던 말도, 어떤 위로의 말도 하지 못했다. 그런 내게 권현진이 먼저 입을 열었다.

"그런 말 안 하면 안 돼?"

"……"

"힘들다. 만나는 것도 버겁다. 그런 말."

쉿소리에 가깝게 거칠어진 목소리가 불안하게 흔들렸다.

"이제 너 귀찮게 안 할 테니까…… 다신 안 그럴게."

너 힘들게 안 한다고 그렇게 그애가 되뇌는데, 명치에서부터 뜨거운 게 울컥했다. 간절함이 안쓰럽고, 미안했고, 한없이 가여웠다.

"나 너밖에 없어, 이나희."

권현진이 날 붙잡았다. 내 허리를 안고 고개를 파묻었다. 가파르게 뛰던 심장이 마침내 제자리를 찾은 듯 고요해졌다. 권현진이 내게 안긴 다음에서야.

"네가 전부야. 나한테는……"

절대 무너지지 않을 것처럼 생긴 어깨가 간헐적으로 떨렸다.

"나한테는 이나희, 너만…… 너만."

여전히 서러운지 권현진은 내 배에 얼굴을 감추고 등을 들썩였다. 나는 안쓰러워서 어린 강아지를 대하듯 그애 머리를 살살 쓰다듬었다.

우리는 멍들고 부서졌다. 한 번 조각난 관계는 다시는 전과 같을 수 없을 것이다. 그러나 언젠가 저애 옆을 떠나더라도, 결코 오늘은 그럴 수 없었다.

"이 상태로 가긴 어딜 가. 운전 어떻게 하려고."

"왜 못하냐? 문제없어."

한바탕 싸우고도 기어코 여수에 가야겠단다. 나는 이미 진이 다 빠졌는데.

"나 토요일만 기다리면서 살았다. 이나희, 너랑 놀러가려고."

주말여행을 가네, 마네 투닥거리다가 내가 절충안을 내놓았다.

"그냥 집에서 놀자."

"여기서……?"

"응. 아님 네 아파트로 가도 되고. 우리집은 좁으니까."

"하나도 안 좁은데?"

권현진은 곧장 겉옷을 벗더니 곱게 접어서 의자 위에 올려 놓았다. 그러곤 화장실에서 손을 씻고 나와 냉큼 내 침대에 앉았다.

"아까 하던 거 다 끝냈냐?"

"아니, 아직……"

"그럼 그거나 마저 해. 난 구경할게."

그애는 얌전히 앉아서 집안 여기저기로 조용히 눈알만 굴렸다.

"물 마셔도 되지?"

"응. 냉장고에 있어."

권현진이 못된 고양이처럼 주변을 어슬렁거리는 사이, 나는 발표 대본의 마지막 장을 확인했다. 어느새 내 어깨에 턱을 얹은 권현진이 함께 노트북 화면을 들여다보았다.

"Architecture should speak of its time and place, but yearn for timelessness. Frank Gehry. 좋은 말이네."

영국식 악센트가 진하게 묻은 그애의 발음은 우아하면서 동시에 매우 섹시했다. 나도 모르게 넋 놓고 권현진의 입술을 쳐다보다가, 눈이 마주쳤다.

“지금 그거 내가 아는 표정인데……”

“……”

“너 젖었지.”

씩 웃는데 또 한 번 왈칵 쏟아진 느낌이었다. 나는 짧은 반바지를 입고 있었다. 의자에 묻을까봐 급히 다리를 오므렸다.

갑작스레 침묵이 찾아왔다. 창밖의 소음이 아무 의미 없이 흘러갔다. 긴장한 내가 의자에서 일어서려던 순간 끼이익, 의자가 반대쪽으로 돌아갔다.

“왜, 왜 그래.”

“젖었네.”

뭘 하려는지 알았지만 차마 거부할 수가 없었다. 죄책감과 동정심으로 얼룩진 내 마음을 저애는 이미 알고 있었다.

오늘만은 허락하리라는 것을.

나와 눈을 맞추던 영악한 권현진이 천천히 고개를 아래로 내렸다.

제8장

외줄타기를 하는 사람처럼

우리의 관계는 그날을 기점으로 달라졌다. 정확히는, 권현진이 달라졌다.

"학회에서 워크숍 하는데 한번 가보려고."

—그래?

"응. 취업한 선배들도 온다고 해서."

—언젠데.

"이번 주말."

—알았어. 잘 다녀와.

몇 시간 이상 나와 연락이 안 되는 걸 질색하던 애였다. 우리의 데이트가 최우선이 아닌 걸 못 견뎠다. 그랬던 권현진은 내가 학회나 알바 등으로 데이트를 미뤄도 더이상 서운해 하지 않았다. 결혼 재촉도 싹 사라졌다.

—내년에 나도 인턴십 할까 하는데.

"인턴 관심 없다며."

내가 인턴십 준비하는 걸 보고도 시큰둥하던 애가 갑자기 무슨 바람이 불었는지.

—어, 근데 해보려고. 같이할래?

"넌 권진 전자에서 하는 거 아니야? 나는 합격 못할걸."

—왜 못해? 학기 내내 과탑인데.

"사업부에 지원해야 하는데, 성별 무관이라곤 해도 거의 남자만 뽑을 거야."

공단이 여러 개인 만큼 권진 전자 사업부 내에도 건설팀이 있다. 하지만 대기업 대부분이 남성 편향 채용을 하는데다 건설 쪽은 더했다.

—말이 되냐? 너 같은 고급 인재를 두고 왜 남자만 채용해?

"그게 현실인데 뭐."

애초에 나는 공공기관을 노리고 있어서 별 감흥이 없었다. 되려 권현진이 분한 듯 목소리를 높였다. 자기 일처럼 씩씩거리던 그애가 물었다.

—붙으면 할 거야?

“원서 안 쓸 거야.”

—붙으면 할 거냐고.

권현진은 오너의 장손이다. 불가능한 일이 없었다.

“……지율이 왔나봐. 일단 끊을게.”

반수에 성공한 지율이는 S대에 입학했다.

“내가 왔노라!”

이 집에 놔두고 갔던 옷가지를 가지러 짬을 내서 들렀는데, 어느새 재수생 티를 싹 벗은 게 푸릇푸릇한 새내기 같았다.

“뭐야, 못 본 사이에 이나희 왜 더 예뻐졌어!”

“너야말로 경영대 여신, 막 그런 거 아냐?”

“여신은 무슨! 야, 네가 공학 다녔으면 진짜 미대 여신 됐을걸? 미대 간판, 건축과 베이글녀, 설계실 여신 이름 뭐냐고 자게에 맨날 올라왔을 텐데.”

“설계실 귀신이나 안 되면 다행이겠다.”

공학이 좋긴 좋은지 지율이가 신나서 깔깔거렸다. 짐을 가지러 온다는 건 사실 핑계였고, 우리는 오랜만에 떡볶이와 튀김을 펼쳐두고 끝없이 수다를 떨었다.

"그거 들었어? 김창진 교직 이수한대."

"체육 교사를 하려고 그러나? 어울리긴 하네."

"희한한 거 다 하던데. 경찰청 대학생 마케터인지 뭔지. SNS에 '좋아요' 눌러달라고 메시지 계속 보내더라."

대화는 중구난방이었다. 어묵을 집어먹던 지율이가 가방에서 매거진을 꺼냈다.

"나희야, 이거 봤어?"

대학생을 대상으로 한 종합 광고 대행사 주간지였다. 선남선녀의 준수한 학생을 표지 모델로 기용하는 것으로 유명했다.

"얘 완전 이쁘지?"

창틀에 걸터앉아 환하게 웃고 있는 그 여자애는 나 역시 눈을 돌릴 수 없을 만큼 예뻤다. 두려울 게 없어 보이는 미소가 어쩐지 익숙하다 싶었는데, 그 여자애의 이름이 눈에 들어왔다.

B여대 무용과 XX학번 한서연

허무한 웃음이 터졌다. 나는 박탈감조차 들지 않았다.

"우리 과 남자애들이 B여대에 아는 사람 없냐고 막 찾더라."

정말 모든 걸 가졌구나. 이런 사람이 세상에 있긴 있는 거구나. 권현진과 닮았다. 집안이며 외모며, 완벽하다는 점이 그랬다.

"다리 왜 이렇게 길어? 키도 엄청 커 보이지?"

"……그러게."

키 차이 때문에 나와 권현진은 나란히 선 모습이 별로 예쁘지 않았다. 뽀뽀라도 하려면 내가 까치발을 들고, 그애가 한참 고개를 숙여야 했다.

하지만 이 여자애는 그렇지 않겠지. 저절로 권현진의 옆에 선 모습을 상상했다. 놀랍지도 않게 잘 어울렸다.

"나희야, 그만 먹게?"

"응."

오늘따라 떡볶이가 썼다.

엄마의 말대로 한남동에는 사모님도, 장 여사도 없었다.

"회장님이랑 다 같이 월영사 가셨어."

"부쩍 자주 가시네."

나는 가져간 케이크와 쿠키를 여사님들께 나눠드렸다.

"착하고, 이쁘고, 공부도 잘하는 이 실장 딸내미 왔구나."

"안녕하세요."

다들 오래 계신 분들이라 살갑게 인사를 주고받았다.

"이 실장은 좋겠다. 아들딸이 다 공부도 잘하고 인물도 출중해서. 이렇게 이쁜 딸을 아까워서 어떻게 시집보내나 몰라."

"시집은요, 아직 한참 멀었죠. 얘 이제 대학 들어갔는데."

"어머머, 이 실장 정색하는 것 좀 봐. 시집보내기 싫다 이거지?"

"엄마가 딸내미 자랑을 얼마나 하는지 부러워 죽겠어, 그냥."

성적에서 두각을 보였던 중학생 때부터 나는 엄마의 유일한 자랑거리였다. 사실 내가 열심히 사는 가장 큰 이유는 취업이 아니라 엄마의 자랑이 되고 싶다는 욕심 때문이었다. 힘든 남의집살이에도 엄마가 내 얘기할 때만큼은 웃었으니까.

"둘이 편하게 대화 나눠. 우리는 녹두전 부칠 거 준비 좀 하고 있을게."

"돼지고기 간 거 왔대요?"

"그것도 확인 좀 하고."

여사님들이 자리를 비켜주셔서 나는 엄마와 단둘이 B동 부엌에서 커피를 마셨다.

"사모님도 월영사 가셨으면 곧 돌아오시는 거 아니야?"

"모르지 뭐. 괜찮아. 그 돌아가신 사장님네, 이번에 천도재 지내실 건가봐."

순간 엄마의 목소리가 한층 낮아졌다. 돌아가신 사장님 내외라면, 권현진의 부모님을 얘기하는 거다.

"갑자기 천도재를……?"

"큰 도련님 생각해서."

오랫동안 국외에 나가 있던 장손이 마음에 걸리셨나보다. 권 회장의 마음을 이해하지 못하는 건 아니다. 그런데 지금 생각해보니 뭔가 이상했다.

"엄마, 권정무 사장님 제삿날이 언제예요?"

"글쎄…… 그건 나도 모르겠네. 사장님네 제사는 집에서 안 지내니까."

"왜?"

권 회장은 왜 그동안 장남 부부의 제사를 직접 치르지 않았을까? 사돈의 팔촌까지 온갖 제사를 다 챙기면서.

"왜긴, 사장님네 제사는 월영사에 맡겼으니까 그렇지."

한숨을 내쉰 엄마가 갑자기 말을 돌렸다.

"부사장님 얼굴을 언제 봤는지 모르겠어. 은서랑 승주 한남동 나가고부터는 아예 대놓고 외박하신다니까."

"사모님 분위기 안 좋겠다."

"얼음 궁전이지 뭐. 회장님만 살판나셨고."

권현진이 S대에 떡하니 합격하는 바람에 사모님은 기가 팍 죽었다고 했다.

"그래서 엄마 생일인데도 못 나온 거였구나. 휴가 쓰기 눈치 보여서."

"그래도 네 생일에는 연차 쓸 거야. 우리끼리 가까운 남이섬이라도 다녀오자, 나희야."

"응, 좋아요."

찬희의 생일도 머지않았다.

"근데 이 꽃은 뭐야?"

찬희는 입시 준비가 한창이라서 엄마한테 스카프 선물과 전화만 했다고 들었는데, B동 부엌에 웬 화려한 꽃다발이 있었다. 아까부터 시선을 끌어서 설마 이것도 찬희가 보냈나 싶었다.

"큰 도련님이 어제 놓고 갔어."

"……권현진이?"

"응."

장미와 카네이션이 뒤섞인 다발을 뿌듯하게 바라보던 엄마가 내 주먹만한 꽃송이를 끌어다 향기를 맡았다.

"안에 백화점 상품권도 들어 있더라. 어휴, 금액이…… 엄마 깜짝 놀랐어."

"걔가 엄마한테 왜 이런 걸 줘?"

혹시 무슨 언질이라도 하고 간 건 아닌지 불안했다.

"엄마는 뭐 생일에 꽃다발도 받으면 안 될 사람이니?"

평소 같으면 장 여사 눈에 띌까봐 B동 부엌에 내놓지도 않았을 것이다. 그런데 권현진이 따로 챙겨준 생일 선물이 어지간히 기분 좋았나보다. 엄마는 입이 마르도록 권현진을 칭찬했다.

"하여튼, 큰 도련님도 다 컸어. 회장님 그렇게 껌뻑 넘어가신 것도 이해가 된다니까."

풍성한 꽃다발은 B동의 평범한 부엌에는 과분할 만큼 크고 화사했다. 내게는 권현진이 던진 무언의 압박으로 느껴졌다. 엄마의 일을 그만두게 하라는 강요는 더이상 없지만, 여전히 신경은 쓰고 있을 터였다. 오늘 내가 엄마한테 들를 것도 알고 있었고.

"어쩜 그렇게 예의 바르고 헌칠하니 잘생겼나 몰라. 자랑할 맛이 나니까 회장님도 장손 데리고 다니시는 거지. 우리 찬희는 세상에 고3이라고 애가 더 삐쩍 말라서……"

나는 이곳과 어울리지 않는 꽃다발에 시선을 고정한 채 가끔 고개만 끄덕였다.

"어머, 이게 누구야? 나희 아니니?"

대문을 나오다가 세단에서 내리는 회장님 일가를 정면으로 마주쳤다. 길가에서 볼 수 있는 사람들이 아니기에 이런 우연한 만남은 상상도 못했다. 도로 확장 공사중이라는 얘기를 새겨들을걸. 나는 어색하게 옆으로 비켜서서 고개를 숙였다. 회장님 옆에 선 사모님이 생글생글 웃으며 내게 말을 붙였다.

"나희가 반찬 가지러 왔구나. 지금 현진이 집에 가는 거지? 최 대리한테 데려다 달라고 해."

내 손에 들린 건 가방뿐이었다. 그걸 보고도 하는 소리였다. 악의라곤 하나도 없는 듯, 사모님은 자상하게 최 대리를 불렀다.

순간 대문으로 향하던 권 회장이 불편한 기색으로 사모님을 돌아봤다.

"뭐고."

"나희가 장 여사 대신 반찬 심부름하잖아요, 회장님."

권 회장의 시선이 대번에 내게로 옮겨왔다.

"저 강새이가 왜."

"큰 도련님이 나희가 편하다고 해서요."

땅을 헤매다가 시선을 올린 순간, 기다렸다는 듯이 회장님과 눈이 마주쳤다. 날 주시하고 있던 눈매가 가늘어졌다. 산에서 호랑이를 마주치면 이런 기분일까? 찔리는 게 많았던 나는 애꿎은 손바닥만 긁었다.

"어릴 때부터 봤다고 나희한테 정이 많이 들었나봐요."

아니, 날조를 하더라도 말은 똑바로 하시든가. 심부름을 보낸 건 장 여사인데 왜 권현진이 시켰다는 식으로 핑계를

대는 건지. 어이가 없었다.

회장님은 딱히 별말 없이 대문으로 들어가버렸지만, 그 찰나가 내게는 유독 길게만 느껴졌다. 날 오래 바라보면서 대문으로 들어서는 사모님의 미소가 어쩐지 심상치 않았다.

아직 아무한테도 들키지 않았다고 그동안 너무 자신했었나. 안일했던 나날이 뒤늦게 후회가 되었다.

김 기사님이 계실 때는 한 번도 그애 옆자리에 앉지 않았다. 우리 사이가 정확히 어떤지는 김 기사님도 모를 거다. 하지만 권현진에게 여자친구가 있다는 사실을 아는 윤 부장님이나, 아니 굳이 그애 주변의 누가 말하지 않더라도 손자의 여자친구가 누군지 알아내는 건, 권 회장에겐 일도 아니었다.

어느새 손바닥이 축축했다. 나는 이제야 불안감이 들며 초조해졌다. 여태껏 권 회장이 어떤 사람인지 몰랐던 것도 아니면서…… 권현진의 옆에 있으면 나는 이렇게나 현실 분간이 안 된다.

툭, 툭, 빗방울이 떨어졌다. 한바탕 비가 내릴 것처럼 구름이 불길하게 몰려들었다.

몇 주간 권현진을 만나지 못했다. 때마침 중간고사라는 핑곗거리가 있어서 일부러 그애를 피했다는 죄책감이 덜어졌다.

이번에도 권현진은 딱히 불만을 표출하지 않았다. 다만 늘 주말여행을 갔던 우리의 데이트가 달라지자 그애는 서운한 듯 낯설어했다.

"먼저 와 있었네? 얘기하지. 데리러 가면 되는데."

"코앞인데 뭐하러 그래."

호텔 문을 열면서 맞아주자, 권현진은 날 보고 반가워했다. 그런데 정작 객실로 들어서면서 떨떠름하게 변했다.

"왜 갑자기 호텔을 예약했어?"

"그냥. 지율이가 여기서 호캉스를 했는데 좋았대. 위에 온수 수영장도 있고."

반은 사실이고 반은 거짓말이었다. 나는 우리집이나 권현진의 아파트에 서로 들락거리는 모습을 들키고 싶지 않았다.

한남동에 다녀온 이후로 그애를 만나는 것 자체가 두려웠다. 하지만 헤어지는 건 더 무서웠다. 그러니 숨어서 권현진을 만나는 게 비겁한 나의 절충안이었다.

무표정으로 나를 빤히 들여다보는 눈동자 위로 권 회장의 눈초리가 겹쳐졌다. 내 속을 파헤칠 것처럼 바라보던 그 가느다란 노인의 눈매가.

"별일이네. 이나희가 호캉스란 말을 다 하고."

싱겁다는 듯이 고개를 돌린 권현진이 탐탁지 않은 얼굴로 좁은 객실을 살폈다. 나름 유명한 부티크 호텔인데도 내키지 않는 눈치였다.

"수영하고 싶었으면 나한테 말을 하지."

"다음에 그럴게."

호캉스란 변명을 댔으면서 실은 수영복도 챙겨오지 않았다. 웬만하면 밖에서 권현진과 함께 있는 모습은 안 들키고 싶었다.

"시험 끝나니까 긴장이 다 풀렸나봐. 좀 피곤하네."

이어진 변명에 권현진은 그제야 좁혔던 미간을 풀었다.

"나도 너랑 둘만 있고 싶었어."

겉옷을 벗은 그애가 욕실에서 손을 씻고는 풀썩 내게 안겨들었다. 3인용 소파가 권현진이 올라서자 꽉 차는 것만 같았다. 불쑥 고개를 든 그애가 다정한 목소리를 냈다.

"시험은 잘 봤어? 이번에 어땠어."

"음. 교양은 다 괜찮은데, 항상 전공 과제가 변수지 뭐."

작품 과제가 많은 단과대 특성상 나는 돈과 시간, 둘 다 부족했다. 본격적인 건축 설계에 들어가면서 모형 퀄리티를 올리기 위한 레이저커팅이다 뭐다, 제작비용이 꽤 많이 들었다.

"어련히 잘하겠지. 과탑은 뭐 아무나 하냐?"

"이번엔 못할지도 몰라."

"못해도 돼. 과탑 못해도 이나희는 이나희지."

가만 보면 권현진은 우리 엄마보다 더 나를 자랑스러워하는 경향이 있다. 어느새 날 안고 침대로 자리를 옮긴 권현진이 내 위로 올라왔다.

"어머니는. 잘 뵙고 왔어?"

"안 그래도 그거 얘기하려고 했는데."

말을 마치고 집요한 권현진의 어깨를 밀었다. 시선이 마주치자, 버티던 몸이 마지못해 뒤로 밀려났다. 날 가운데 두고, 무릎으로 선 권현진의 어깨가 밑으로 가라앉았다.

"왜 또."

"……"

"왜 그런 표정인데, 이나희."

답답한 듯 그애가 한숨을 내쉬며 창밖으로 시선을 돌렸다.

"나 어머니한테 아무 말도 안 했다."

찔리기는 했는지 내가 묻지도 않았는데 먼저 술술 털어놓았다.

"진짜 아무 말 안 했다고. 생일이라고 들었으니까, 꽃집 들렀다가 그냥 생각나서 산 거야. 그 정도는 나도 할 수 있잖아. 어릴 때부터 뵈었는데."

"네가 언제부터 본가 여사님들 생일을 챙겼다고……"

"어머니가 다른 분들이랑 같아?"

순간 권현진이 눈썹을 찡그렸다.

"너 혹시 그거 때문에 나 안 만났냐?"

시험 기간이라는 이유로 거의 한 달 가까이 얼굴을 못 본 건 처음이었다. 내색하지 않았지만 저애도 뭔가 이상하다는 직감이 있었을 것이다. 내가 침묵하자 이번에도 권현진이 먼저 손을 들었다.

"……이제 안 그럴게."

우리 관계에 위기가 있었던 이후로 권현진은 내게 철저히 약자가 되었다.

"신경쓰였으면, 미안하다."

잘못의 진위를 떠나서 사과하고, 인내하고, 자존심을 숙이는 건 늘 저애였다. 그러면 나는 권현진의 풀 죽은 눈망울이 안쓰럽고 가여워서 견딜 수가 없었다.

난 저애가 원하는 미래를 약속할 수도 없고, 속 시원히 헤어져주지도 못한다. 가질 용기도 없고, 그렇다고 놓아줄 결단조차 내리지 못한다. 그런 내가 권현진에게 해줄 수 있는 건 고작 이런 거였다.

"왜…… 왜 뭐하려고."

팔을 끌어다 침대에 눕히자 권현진은 얼떨떨해하면서도 순순히 나를 따랐다. 내가 위고, 권현진이 밑이었다. 평소와 다른 위치에 그애가 수줍고 떨리는 듯한 얼굴로 날 올려다봤다. 그게 또 못내 예뻐서 나도 모르게 입술이 갔다.

"왜, 뭐하게…… 거기 왜 만지는데."

"네 생각에는 왜 만지는 것 같은데."

"이나희, 하지 마!"

단거리 달리기를 뛴 사람처럼 그애의 가슴이 거칠게 오르락내리락했다. 나를 밀어낸 손끝이 파르르 떨렸다.

"하지 마?"

"어."

"진짜로?"

"……어."

"마지막으로 물어보는 거야. 진짜 하지 마?"

권현진의 굵은 목울대가 느리게 올라왔다. 아랫입술을 세게 깨물던 그애가 변명처럼 읊조렸다.

"너무 좋아서…… 나중에 내가 또 해달라고 귀찮게 계속 조르면, 그땐 너 어쩌려고."

"한번 해보고 내키면 뭐…… 그리고 너도 나한테 해줬잖아. 나도 해보고 싶어."

이 논리에는 딱히 반박할 말이 없는지 날 저지했던 손에서 힘이 빠졌다. 어느 날 그애가 했듯 나는 천천히 아래로 입술을 내렸다.

호텔에서 종일 뒹구는 것도 생각보다 나쁘지 않았다. 권현진이 샤워하는 사이에 도망치듯 나 혼자 호텔을 나와버려서 그애가 길길이 날뛰긴 했지만, 어쨌거나 호텔에서 노는 것 자체는 권현진도 불만이 없는 것 같았다.

우리가 같이 호텔에서 나오는 장면을 누군가에게 들키는

게 무서워서 어쩔 수 없었다. 권현진은 분명히 나를 집 앞까지 데려다주려고 할 텐데, 그것도 위험했다. 중간고사 끝나면 놀러가기로 했던 약속. 에버랜드도 취소였다.

—1217호. 먼저 들어가 있어.

내가 메시지를 보내자마자 득달같이 전화가 왔다. 핸드폰 너머에서 잔뜩 열받은 목소리가 터져나왔다.

—장난하냐? 야, 네가 무슨 로비스트야? 지금 호텔에서 브로커 접선해?

"조모임이 언제 끝날지 몰라서……"

—괜찮다고. 차에서 책 보고 있을게. 너 기다리는 거 아니고, 나도 전공 공부할 거야.

"후문에 네 차 서 있는 거 부담스러워. 학교 게시판에도 올라오고 그래서."

—그럼 다른 데 가서 기다릴게.

"괜히 그러지 마. 우리 학교 근처 주차도 어렵잖아."

—왜 또 그 호텔인데?

결국 권현진의 불만은 그거였다.

—거기서 할 게 뭐 있는데. 그 짓밖에 더 있어?

"좋아하면서 왜 그래, 너."

—야.

바닥까지 깔린 목소리가 권현진의 기분을 대변했다. 짧은 침묵 끝에 긴 한숨소리가 들려왔다.

—알았다. 가 있을게.

포기한 듯한 목소리였다. 확 가라앉은 분위기에 진한 부채감이 밀려왔다. 내가 말이 없자 권현진이 한풀 꺾인 목소리로 말했다.

—이나희. 난 너랑 맛있는 거 먹고, 예쁜 거 보고, 밖에서 손잡고 다니고 싶어.

한때 우리에게 주말 데이트는 일상이나 마찬가지였다.

—내가 너한테 바라는 거, 그게 전부야.

어차피 운전도, 관광지도, 하다못해 음식점도 전부 권현진이 알아서 하니까 나는 따라다니기만 하면 된다. 어려운 일도 아니다. 하지만 겁쟁이인 나는 더이상 엄두가 나지 않았다.

길거리에서 우연히 우리를 목격한 누군가가 권 회장에게 이 관계를 일러바칠까봐 무서워서 저절로 멈칫했다.

"……그러게."

자조 섞인 웃음이 터졌다.

"그 쉬운 걸 내가 못해주네……"

저애가 여자친구에게 가장 원하는 그 쉬운 데이트조차 나는 더이상 해줄 수가 없다. 그 사실을 인정하자 명치가 쿡쿡 쑤셨다. 지독한 무력감에 머리가 다 어지러웠다. 생각 없이 던진 몇 마디에 권현진이 손바닥 뒤집듯 태도를 바꿨다.

—나희야, 공부하느라 스트레스 많이 받지?

오히려 날 달래며 분위기를 살피는 그애한테서 말 못할 초조함이 느껴졌다.

—너 피곤한데 내가 이해를 못했다. 미안.

미안하다니. 요즘의 권현진은 예전 같지 않은 말과 행동에 퍽 익숙해졌다.

—호텔에만 있고 싶으면 내가 다른 데 예약할게. 거긴 룸서비스도 없잖아. 객실도 너무 좁고, 청소 상태도…… 괜찮지?

학교 근처의 부티크 호텔도 사실 나에겐 부담이었다. 그런데 권현진의 눈높이에는 맞지 않았던 것이다. 뒤늦게 이를 깨닫고 귀가 뜨거워졌다.

—아니면, 그냥 그 호텔이 좋아? 그럼 그렇게 할게. 거기

서 보자.

순간 전등을 켠 것처럼 머릿속이 환해졌다. 내가 아무리 용을 써도 어차피 저애의 수준에 맞는 걸 해줄 수는 없구나. 호텔뿐 아니라 아마 모든 방면에서 그렇겠지. 앞으로도 우리는 계속 멀어지고, 더 멀어지기만 할 거야. 나도 권현진도 그 사실에 똑같이 아파하면서, 이 관계가 뒤틀려가는 걸 지켜보게 되겠지……

결국에는 누가 먼저랄 것도 없이 인정하게 될 것이다. 우리의 연애, 함께 보냈던 시간. 그 모든 게 다 부질없었다는 걸……

—다른 데 가볼래?

"응."

—스파 하고, 마사지 받고, 맛있는 거 먹고. 바에서 칵테일 마시면서 쉬자. 그럼 기분도 나아질 거야, 나희야.

"응."

—지금 후문으로 간다?

"응."

무슨 정신으로 중앙 도서관을 걸어나왔는지 모르겠다. 빌릴 책도, 반납해야 할 책도 있었다. 도서관에 맡아둔 자리도 해제해야 했고, 가방도 챙겨야 했다. 하지만 나는 그중에 아무것도 하지 못했다. 제동기가 걸린 것처럼 한 발자국도 더 나아갈 수가 없었다.

우리의 문제는 권 회장이 아니었다.

나였다.

그리고 권현진이었다.

이 관계의 가장 큰 걸림돌은 바로 나와 그애다. 내가 이나희이고, 그애가 권현진이기 때문에. 망치로 머리를 맞은 것처럼 비로소 깨닫고 말았다. 이렇게 늦게서야.

권 회장이 아니어도 우리는 언젠가 이별할 수밖에 없는 관계였다. 애써 모른 척했던 진실이 나를 농락하듯 가슴을 뚫고 나왔다. 그애가 자라났던 심장이 너무 아팠다. 바람이 나를 스칠 때마다, 나뭇잎 사이로 비치는 햇살이 내게 닿을 때마다, 한 걸음 한 걸음 걸을 때마다 온몸이 쓰라렸다. 세상의 모든 게 버겁기만 했다.

우리는 헤어지겠구나.

이 사실을 인정하자 우리의 모든 게 벌써 다 사라진 것처럼 허무했다. 하다못해 나 자신조차 없어진 것만 같았다.

중앙 도서관 앞에는 아치형 장미 덩굴이 있다. 캠퍼스의 아름드리나무를 뚫고 빛이 투과하는 지점이었다.

“어떡해. 저기요, 여기 티슈……”

장미를 방패처럼 두른 그 빛 속에서 천사를 닮은 누군가가 황급히 뛰어나왔다. 그녀가 내게 휴지를 건넬 때까지, 내가 울고 있다는 사실조차 몰랐다.

“잠시만요, 거울 보면서 닦으세요. 거울이 어딨더라.”

여러 권의 전공 서적을 들고 있었음에도 그녀는 기꺼이 나를 위해 한 손으로 가방을 뒤적거렸다.

『무용 미학』 책 옆면에 적힌 ‘한서연’이라는 세 글자가 송곳처럼 나를 찔렀다.

잔인하게도, 모든 걸 다 가진 그 여자애는 심지어 착하고 다정하기까지 해서 나를 더 비참하게 만들었다.

❀

기말고사를 며칠 앞둔, 내 생일날이었다.

—나희야.

“응, 엄마. 벌써 도착했어? 택시 타고 왔구나. 잘했어, 택시 타고 다녀.”

가족끼리 여행을 가는 건 처음이었다. 찬희는 수시 면접이 잡혀서 같이 가지 못했지만, 어쨌거나 생전 처음으로 떠나는 엄마와의 여행이었다. 권현진도 이런 사연에는 밀리고 말았다.

—잘 다녀오고

—가끔 내 생각나면 사진 하나씩 보내주든가

—이나희 얼굴 잘 나온 거

—못 나온 것도 괜찮음

—강요는 아니고 그냥 부탁

가족 여행. 남들에겐 평범하고, 내게는 꿈만 같던 그 '가족 여행'에 나는 조금 들떠 있었다. 그래서 엄마의 목소리가 평소와 다르다는 사실을 진작 알아차리지 못했다.

—나희야. 집 앞으로…… 내려와.

내 집 앞, 좁은 빌라 골목에는 검은 세단이 서 있었다. 권진 회사 차량 같은데 차 번호가 낯설었다.

"이나희양?"

처음 보는 사람이 운전석에서 내렸다. 온화한 인상의 중년 남자였다. 이해할 수 없는 상황인데도 불구하고 그의 선하고 부드러운 눈웃음이 경계심을 상쇄시켰다.

"누구……?"

"우선 타시죠."

그가 먼저 내게 뒷자리를 가리켰다. 그 세단의 조수석에 낡은 가방을 든 엄마가 앉아 있었다. 법정에 끌려가는 죄인 같은 얼굴로.

"……나희야."

겁에 질린 엄마와 눈이 마주친 순간, 예감했다. 뭔가 잘못되었다는 걸.

손바닥으로 하늘을 가릴 수 없다는 걸 깨닫기에는 나는 스물한 살, 아직 새파랗게 어린 나이였다. 곧장 권 회장의 얼굴이 떠올랐다. 설마, 나와 권현진의 관계가 들켰을까? 그렇다기엔 운전석의 남자는 권 회장의 사람이 아니었다. 내가 모르는 회사 사람일 수도 있지만 권 회장이 이런 내밀한 일을 시킬 수행원은 조승필이라는 회장의 비서뿐이었다.

그렇다면 운전석의 저 남자는 누구일까. 물어보고 싶은 게 산더미 같았지만 차 안에는 무거운 정적만이 깔려 있었다. 그는 명확한 목적지가 있는 듯 내비도 켜지 않은 채 핸들을 돌렸다.

나도 이미 잘 아는 길이었다.

낯선 차가 익숙한 도로를 달렸다. 미술관을 지나서 고개를 올라갈 때는 심장이 너무 뛰어대서 식은땀이 다 났다. 운전석의 남자가 거대한 대문의 인터폰을 눌렀다. 지나치게 긴장한 탓인지 작은 벨소리에도 나는 움찔 튀어올랐다.

—네, 권형도 회장님 자택입니다.

인터폰 너머에서 익숙한 목소리가 튀어나왔다. 운전석의 남자가 목을 가다듬고는 말했다.

"저, 윤종오입니다."

그가 그렇게 대답한 순간, 누군가 내 눈에 슬로모션을 건 것처럼 모든 게 느리게 보이기 시작했다.

"회장님 뵈러 왔습니다."

—약속하고 오셨어요?

"예, 말씀하시면 아실 겁니다."

음파가 엇나간 듯 지하 차고 문이 올라가는 소리가 괴악한 소음으로 들렸다. 윤종오. 나를 권 회장에게 데려가는 저 사람이…… 저 사람이 윤종오라고?

"두 분 다 같이 들어가시죠."

나와 엄마에겐 어차피 선택권이 없었다. 피할 길도, 도망칠 길도 없었던 우리는 움츠린 채로 그의 뒤를 따랐다. 잔디 정원을 가로지르는 현무암 디딤돌을 밟는 건, 이 대저택의 식모 방에서 기생한 지 15년 만에 처음이었다.

너무도 익숙한 길을 낯설게 걸어서일까.

"나희야!"

나는 맨땅을 걸으면서도 외줄타기를 하는 사람처럼 휘청거렸다. 엄마가 옆에서 잡아주지 않았더라면 권 회장의 서재까지 가지도 못했을 것이다. 연못을 거니는 빨갛고 노란 잉어들이 나를 비웃듯이 유유히 헤엄쳤다.

삐이익.

문을 여닫는 작은 소음에 심장이 터질 것 같았다. 이미 문을 닫았는데도 귀에서는 여전히 삐이익, 하는 이명이 들려왔다. 서재의 축축하고 서늘한 공기를 들이마시자 머리가 아프고 어지러웠다.

처음 본 회장의 공간이었다. 나는 입구에서 한 발짝도 더 들어갈 수 없었다. 줄지어 선 검은 정장의 경호원들 때문이 아니다. 정돈된 서재 바닥에 마구 흩뿌려진 사진들 때문이었다. 나와 권현진이 웃고, 뽀뽀하고, 함께 호텔에 들어가는 모습. 지난 1년 반 동안 나와 그애가 손잡고 다녔던 전국 곳곳이 배경이었다. 심지어 나조차 자각하지 못했던 우리의 첫 데이트의 순간도 거기 있었다. 〈디펜더스 2〉를 본 영화관에서 팝콘을 먹여주는 나와, 나 몰래 수줍게 웃고 있는 권현진…… 내가 숨기고만 싶었던 우리의 연애가 손바닥만한 종잇조각에 담겨 구겨지고 찢긴 채로 완전히 산산조각나 있었다.

장 여사일까. 아니면 사모님이……? 대체 언제부터 우리 뒤에 사람을 붙였는지, 뭘 바라고 이런 사진을 찍은 건지. 범인의 의도와 시기가 가늠되지 않아 경악스러웠다.

"하이고, 사는 기 만만치가 않다. 만만치가 않아."

제일 상석에 앉은 남자가 손톱을 들여다보며 혼잣말을 했다. 수염을 길게 기르고 등산복을 입은 남자는 청운 법사였다. 흘긋 눈을 든 그와 시선이 부딪쳤다.

"관상은 좋다."

청운 법사의 왼편에 앉아 있던 권 회장이 벌게진 눈으로 자리에서 일어섰다.

"이 실장."

악귀처럼 나와 엄마를 노려보는 안광에 숨이 멎을 것만 같았다.

"니 딸 팔아먹을라고 내 집 들어왔나? 내한테 딸년 장사할라고?"

삐이익. 엄마의 목소리가 잘 들리지 않았다. 하염없이 빌며 고개를 내젓는 엄마가, 내 옆이 아니라 저 멀리 있는 것만 같았다.

"얼마에 사주까. 주디가 있으면 니년이 함 말해봐라. 함바집 하는 년 거둬줬더니 이 걸버시 같은……!"

노회한 회장의 격앙된 고성에 서재가 쩌렁쩌렁 울렸다.

삐이이이익.

세 번. 뺨이 뜨거웠다. 달팽이관을 날카롭게 찌르는 통증에 나는 귀를 막았다.

아무래도 뭔가 잘못된 것 같다. 망가진 비디오를 튼 것처럼 세상이 빙글빙글 돌았다. 바닥을 짚은 내 손에 질척한 액체가 묻어났다. 코피였다.

새빨간 피가 바닥에 흩어진 사진들을 적셨다. 나는 부산 여행 때의 나와 권현진의 사진에서 시선을 떼지 못했다. 너무 환하고 예뻐서 빛이 쏟아져나오는 것만 같았다.

그날 우리는 싸우기만 했던 것 같은데 언제 이렇게 예쁜 미소를 짓고 있었던 걸까. 권현진과 내가 결국에는 '우리'가 되었던 어느 날, 그토록 막고만 싶었던 우리의 시작점이 떠올랐다.

"우리 할배, 근엄한 척하고 다녀도 그냥 할아버지야. 다른 집 늙은이들이랑 똑같아."

그때의 권현진이 어찌나 참을 수 없이 예쁘던지. 외로움을 모른다던 그애 얼굴이 얼마나 외로워 보이던지. 안아주고 싶어서 견딜 수가 없었다.

"감히…… 주제도 모르고 어데……! 한탕 쳐볼라 캤나? 그라믄 니 줄 잘못 섰다. 내 아직 도장 안 찍었다."

"손주라고 얼굴 보면 용돈 주고, 해주고 싶은 것도 많고…… 부모 없다고, 어디 가서 후레자식 소리 듣고 나 기죽을까봐."

"벌게만도 못한 년이 감히 누굴 넘보고……!"

"쯧쯧쯧, 우리 회장님 저 씅질머리 어쩌노."

"니캉 니 딸년 죽여버리는 거 내한텐 일도 아이다. 몬할 거 같나!"

"그마하소, 혈압 오른다. 마 이제 됐다. 이쁜이 저 너갱이

빠진 거 보소. 승필씨?"

"예, 선생님."

"얼렁 저기. 처리하세요?"

"놔보소, 어데 가라노? 내 다 쳐죽이삔다. 버러지 년들 저거 얼씬 몬하게."

"하이고, 내 정신 싸납고 을씨년스럽다. 승필씨. 얼렁."

"애비도 없는 개간나가 어데 감히……!"

귀가 먹먹하고 머리가 뜨거웠다. 자꾸만 들리는 이명에 두 손으로 뺨과 귀를 감싸고 창문에 머리를 기댔다. 그런 나를 보던 윤종오가 길가에 차를 세우고는 급하게 어딘가에 다녀오더니 뭔가를 내밀었다.

"나희양, 이걸 뺨에 좀 대고 있어요."

아이스팩이었다. 멍하니 그걸 바라보는데 윤종오가 특유의 사람 좋은 웃음을 지었다.

"우리 회사 편의점 찾느라 뺑뺑 돌았네요."

"……"

"소매유통업 시장은 권진 같은 공룡기업도 후발로서 진입 단계부터 어려움이 컸죠. 선점한 경쟁사들이 젠트리피케이션을 들먹이면서 횡포다 뭐다……"

나는 넋 놓고 그가 지껄이는 말을 들었다. 윤종오는 눈치가 없는 사람이 아니었다. 단지 내가 같잖고, 내 불행이 우습기에 머릿속의 생각이 여과 없이 쏟아진 것이었다.

"뭐…… 이런 얘긴 궁금하지 않을 테고."

우리 엄마가 회장에게 머리채를 붙잡히고 내가 뺨을 얻어맞아도 그저 지켜만 보던 사람이었다. 남의 입술이 터지거나 말거나, 저 머릿속에는 오직 '권진' 두 글자뿐이구나. 눈물겨운 그의 애사심에 화도 나지 않았다.

"회장님도 참. 아무리 화가 나셔도 그렇지 여학생 얼굴을…… 저렇게 역정을 내시는 모습은 저도 정말 오랜만에 봅니다."

혀를 찬 윤종오가 못내 안쓰럽다는 듯이 나를 바라보았다. 회장의 서재에는 사람이 많았다. 하지만 권 회장을 말리던 이는 청운 법사라는 그 역술인뿐이었다. 나는 그게 제일 무서웠다.

"금방 가라앉을 것 같긴 한데, 병원 안 가도 될까요?"

법 없이도 살 것처럼 선하디선한 그의 인상이 권진을 위해 어떻게 쓰이는지, 나는 비로소 알게 되었다.

"……저희 엄마는요?"

"오늘 한남동 나가실 겁니다. 질병 퇴사로 처리되실 거고요."

윤종오와 둘뿐인 차 안에서도 권 회장의 비명 같은 고함이 메아리치듯 들려왔다. 답답해서 창문을 열자, 세찬 강바람이 불어왔다.

"걱정 많고, 뭐해라 뭐하지 마라, 밥 잘 먹고 다녀야 한다, 잔소리 많고. 그냥 평범한 늙은이야. 우리 할배."

내게는 악귀 같던 권 회장도 그애한테는 사랑해 마지않을 가족이겠지.

춥고 또 추웠던 그 밤, 한강에서 권현진에게 입을 맞추지 말았어야 했다. 줄곧 나만 쫓아다니던 그 애처로운 시선을 계속 모른 척했어야 했는데……

"오늘 본가에 갔던 건 없던 일이라고 생각하세요. 우리 현진군이나 나희양 모두를 위해서 그편이 낫습니다."

윤종오는 오늘 일을 권현진에게 함구하라고 신신당부했다.

"알다시피 현진군에게는 회장님이 지금 유일한 가족이에요. 두 분 갈라서시면, 기회비용이 얼마나 큽니까. 사적으로나 공적으로나."

내 입만 막으면 그애가 알 길이 없다고 생각하는 듯했다. 예상은 딱히 틀리지도 않았다. 회장의 집에서 벌어진 일은 담장을 넘지 못한다. 권현진에게 이런 이야기를 전할 만큼 간이 배 밖으로 나온 사람 또한 없다.

"나한테도 나희양 또래의 딸이 있어요."

비상 깜빡이를 켜둔 채 윤종오가 깍지 낀 손을 핸들 위에 올려놓았다.

"내 딸 같기도 하고, 또 내가 나희양 아버지뻘이니까 말하자면……"

위선자.

"나는 나희양한테 현실적으로 도움이 될 만한 이야기를 해주고 싶어요. 어머니가 당장 거처하실 곳이 있습니까?"

"제 집에 계실 거예요."

"엄밀히 말하면 그 집은 나희양 집이 아니죠. 박지율씨 명의로 된 월세 계약만료가 12월인데, 기간도 얼마 안 남았네요."

깜빡, 깜빡, 깜빡, 깜빡……

나와 윤종오 사이에서 빨간색 비상 표시등이 빠르게 점멸했다. 지금 월세를 내는 건 나지만, 당시 지율이 이름으로 계약서를 썼다. 권현진한테도 말한 적 없는 사실을 윤종오가 알고 있었다.

"표현은 그렇지 않았지만 회장님이 나희양과 우리 이 실장님을 넉넉하게 신경써주셨어요. 어머니께 드리는 퇴직금이라고 생각하시고……"

가면 밑에 숨은 까만 동공과 마주하자, 다시 귀에서 이명이 들리기 시작했다.

"……기회라고 생각하면 상황에 따라서 기회가 될 수도 있는 겁니다."

통보에 가까운 회유. 점잖은 척 입을 놀리는 윤종오를 앞에 두고 눈을 뜨고 있는 것 자체가 고역이었다.

"순간의 선택으로 평생 후회할 순 없잖습니까, 나희양. 아직 청춘인데."

우리의 대화는 길지도 않았다. 윤종오는 효율적인 방법을 추구하는 사람이었다. 노련한 그는 길가에 세운 차 안에서, 편의점에서 사온 아이스팩 하나로 나의 사기를 완전히 꺾어놓았다.

그는 집으로 나를 데려다주며 거듭 말했다.

"이십대에 고생 안 해본 사람 있나요. 힘든 일이 있어도 열심히 살면 다 지나갑니다."

'시간이 지나면 다 이해할 겁니다.'

윤종오에겐 이 말이 마법의 주문이라도 되는 듯했다. 내가 그 저열한 주술에 걸려들길 바라는 것처럼 그는 끊임없이 되뇌었다.

"문제 생기면 언제든 이쪽으로 연락 주시고요."

나를 집 앞에 내려주면서 새것처럼 빳빳한 자신의 명함을 한 장 건넸다.

윤종오

권진 그룹 회장 비서실장

작년까지만 해도 제주 면세점에서 근무한다던 윤종오는 어느새 권 회장의 옆자리에 가 있었다. 의심은 기어코 현실이 되었다.

"현진이 한국에 오자마자 뒤에 사람 붙였어요……?"

그렇지 않고서야 우리가 영화관에 갔던 그날의 사진이 있을 리가 없는데. 아니길 바랐다. 내게는 쓰레기처럼 굴었어도 그애한테는 믿음직스러운 어른이기를.

윤종오는 답이 없었다. 그저 물끄러미 날 쳐다보다가 특유의 가면 같은 미소를 지을 뿐이었다.

"나희양."

돌아선 내 뒤에서 윤종오가 말했다.

"아마 핸드폰에 문자 하나 갔을 겁니다. 회장님이 확실한 걸 좋아하셔서요."

✿

집에 와서 불을 켜자, 마침내 혼자가 되었다는 안도감에 눈물이 쏟아졌다.

나를 불태우고, 권현진을 제물로 바치며 출세를 기도했을까. 모든 게 회사를 위해서라고, 그렇게 위안했던 걸까. 비참했다. 참을 수 없는 모멸감에 온몸이 다 떨려왔다. 가방이 엎어지면서 물건이 쏟아졌지만 추스를 정신도 없었다.

한참을 울다가 핸드폰을 찾았다. 기말고사를 앞두고 과 동기들의 연락이 몇 개 와 있었고…… 그리고 윤종오가 내게 당부했던 '메시지'가 눈에 들어왔다.

이나희님, 검사 예약되셨습니다.

당일 수술 센터로 내원 바랍니다.

—인의예지 산부인과

삐이이이이익.

끝나지 않을 것만 같은 이명에 나는 귀를 틀어막은 채로 눈을 감았다.

제9장

부서진 세상의 조각을 안고서

—날짜 결정되었습니다

디데이가 정해졌다. 나는 윤종오의 짧은 메시지에 담긴 의미를 하염없이 들여다보았다. 유능한 인재였다더니 없는 말은 아니었나보다. 한없이 어렵게 생각했던 일들이 윤종오의 개입으로 며칠 만에 속전속결로 진행됐다. 그는 다른 선택권이 있는 것처럼 말했지만 권현진과의 이별은 내 선택의 영역이 아니었다.

그 메시지를 받은 날, 나는 시험이 다 끝났다고 권현진에게 연락했다.

"많이 좀 먹어."

"많이 먹고 있어."

"팍팍 먹으라고."

날 못마땅하게 바라보던 그애가 한숨과 함께 젓가락을 들었다. 내 앞접시에는 이미 한우 차돌박이와 살치살이 산처럼 쌓여 있었다.

"그만 줘."

"더 먹어."

"먹고 있다니까."

"버섯 더 시켜줄까?"

"아니, 나 배불러. 너도 좀 먹어."

내 입속으로 한 점 사라질 때마다 성질 급한 권현진은 내 앞접시에 두 점, 세 점씩 고기를 갖다놓길 반복했다. 정작 저애는 날 살피느라 먹는 둥 마는 둥 했다.

"시험 기간마다 이렇게 살이 빠져서 어떡하냐. 진짜 속상하다."

잔뜩 미간을 좁힌 권현진이 몇 번째인지 모를 한숨을 푹 내쉬었다.

"아무리 기말 대체라도 그렇지, 너희 과는 무슨 과제를 그렇게 살벌하게 내냐?"

"……"

"생각할수록 열받네. 애를 집에도 못 들어가게 말려 죽이려고 아주……"

파절이를 뒤적이는 척 시선을 피했다. 사실 온몸에 열이 불덩이처럼 올라서 학교에 가지 못했다. 과제 제출은커녕 기말고사를 치르지도 않았다.

"나희야, 계속 설계실에서 잤어?"

"응."

집 앞 골목에서 몇 번이나 차 소리를 들었다. 저애가 집 앞까지 찾아왔다가 불 꺼진 창문을 보고 그냥 돌아갔다는 것도 알고 있었다.

그러나 환상을 헤매는 것만 같던 시간은 다 끝났다. 진창을 굴러도, 부서진 세상의 조각이라도 끌어안고서 나는 이 현실을 살아야 했다.

"이나희."

그애답지 않게 머뭇거리던 권현진이 어렵게 말을 꺼냈다.

"공부 열심히 하는 거 아는데, 그래도 핸드폰은 좀…… 아니다. 됐다."

하지만 결국에는 하려던 얘기를 접었다. 조용한 룸에서는 한우가 익어가는 소리만 났다. 익숙하게 집게를 들고 있는 저애가 문득 웃겼다.

"너 처음에는 고기 되게 못 구웠는데."

"뭐?"

"이런 거 한 번도 안 해봤잖아. 고기 굽고, 음식 덜어주고 이런 거."

"근데."

"그냥. 지금은 너무 익숙해 보이는 게…… 좀 웃겨서."

"무슨 말이 하고 싶은 거야. 말할 시간에 고기를 한 점 더 먹어."

딴생각에 빠져 있었는지 그애가 뒤늦게 눈을 들었다. 미간을 찌푸리고는 다 익은 아스파라거스를 내 앞에 놓아주었다.

"너 학기 내내 과탑 하는 거 멋있어. 멋있고, 욕심 있는 것도 알겠고, 그런데."

입술을 깨문 권현진이 찬물을 들이켜곤 말했다.

"근데 밥은 좀 챙겨 먹으면서 공부하면 안 되냐? 핸드폰은 왜 꺼놓는 건데. 위급상황은 언제든지 생길 수 있는 거 몰라?"

전화를 꺼놓고 잠수 탔을 때가 마침 기말고사 기간이었다.

그애가 불만스럽게 나를 흘겨보았다.

"너 시험 기간에 예민한 거 알아, 나희야. 뭐라고 하려는 게 아니라 난 걱정이 되니까."

"미안. 설계 때문에 정신이 없었어. 제출 기한까지 진짜 아슬아슬해서……"

어차피 시험 기간에는 내가 거의 매일 밤새운다는 걸 권현진도 안다. 원래도 생존 신고 정도로만 메시지를 주고받았다. 다만 핸드폰을 종일 꺼둔 적은 이번이 처음이어서 저애도 초조했던 모양이다. 시험 기간이라 나를 재촉하지도 못하고……

"연락 안 되는 동안 학교에만 있었던 거 맞지?"

"응."

고기를 씹으며 태연하게 덧붙였다.

"아니면 내가 어디 있었겠어."

"요즘 너 계속 피곤해했으니까……"

어울리지 않게 권현진이 말끝을 흐렸다. 이미 몇 달 전부터 뜸해진 연락과 확연히 줄어든 데이트 횟수에 불안해하고 있었다. 달라진 내 분위기를 모르지 않을 것이다.

"나희야, 우리 기분전환하러 갈까?"

마침 기말고사도 끝났고 과외와 교내 근로 아르바이트도 그만둔 지 오래였다. 새 학기가 시작되기 전까지 우리에겐 시간이 있었다.

"런던 다녀올 일이 있거든. 법인하고 부동산 해결할 게 남아서."

권현진 명의로 설립했던 사모펀드가 문제될 수 있어서 입사 전에 정리해야 한다고 했다. 그 일로 영국에 다녀올 일정이 있다고. 나도 윤종오에게 이미 들은 내용이었다. 그 사실을 권현진에게 확인받으니 뭔가, 뭔가 신기했다.

"같이 갈래? 한 보름 정도 쉬었다가 오자. 열심히 했으니까 충전도 해야지."

"거기 유럽이잖아."

"직항 타면 되지. 반나절이면 가."

유럽을 제주도처럼 다니는 애였다. 작년에도 수시 원서를 넣기 전에 무슨 시험을 친다고 영국에 갔다가 닷새도 안 돼서 돌아온 적이 있었다.

"와인 한잔 마시고, 스테이크 썰고, 눈 좀 붙였다가 일어나면 도착이야."

권현진은 어떻게든 나를 꼬셔서 영국에 데려가려고 난리

였다.

"놀기 괜찮아. 비치도 괜찮은 데 많아. 서핑할 만한 데도 있고. 날씨가 그렇긴 한데…… 싫어?"

나는 수저를 내려놓으면서 고개를 저었다.

"진짜 가기 싫어? 안 되겠어?"

"무서워. 그렇게 오래 비행기 타는 거."

"아……"

진한 아쉬움이 그애 얼굴에 묻어났다. 하지만 더이상 내게 조르지도 못했다.

"그럼 빨리 다녀올게, 저번처럼."

"응."

"혹시 마음 바뀌면 바로 말하고."

티슈로 입을 닦으며 고개를 끄덕이던 그때였다.

"권현진, 너 전화 오는 것 같은데."

"나중에 받아도 돼."

"아까부터 온 거 아니야?"

차에서부터 권현진의 핸드폰이 번쩍이는 걸 봤다. 저애도 마찬가지로 기말고사 기간이었다. 시험이 끝나자마자 나부터 만나러 오느라 미뤄둔 일들이 있는 모양이었다.

"받아봐. 급한 일이면 어쩌려고. 위급 상황이거나."

아까 내게 했던 말을 그대로 받아치자, 권현진은 썩 내키지 않는 듯이 통화 버튼을 눌렀다.

"네. 말씀하세요, 아저씨."

윤종오였다. 핸드폰 너머에서 들려오는 목소리가 낯설게 웅웅거렸다. 무슨 얘기를 전해듣는지 모르지만 권현진의 짙은 눈썹이 살며시 구겨졌다.

"네. 그러시죠."

그러곤 갑자기 손을 뻗어 내 입가를 매만졌다. 살짝 찢어진 부위였다. 뺨의 붓기는 다 가라앉았는데 부르튼 입술은 아직 낫지 못했다.

'이거 왜 이래?'

권현진의 눈이 커지며 입 모양으로 그렇게 물었다.

"……그럼 그건 내일 다시 들어도 될까요? 지금 여자친구랑 같이 있어서요. 네."

전화를 끊은 그애가 유심히 내 입술을 살폈다.

"이나희. 여기 왜 이래."

"피곤해서."

"찢어졌는데……?"

"응. 거스러미 일어난 거 뜯었어."

순간 예민해진 나는 권현진의 손을 치워냈다.

"윤종오야?"

"어?"

"지금 통화한 사람. 윤 부장이냐고."

내가 듣기에도 날카로운 말투였다. 그애가 어색하게 고개를 주억였다.

"그 사람은 너랑 내가 사귀는 거 알아?"

"누구랑 사귀는지는 몰라. 나한테 여자친구 있다는 것만 알지. 이나희 네가 누구인지도 모를걸."

그러니까 괜한 걱정 좀 하지 말라고, 그애가 덧붙였다.

"정말 너한테 뭐라고 안 해……?"

"그냥 뭐 여자친구한테 상냥하게 잘해줘라, 그런 거? 아저씨도 딸이 있거든. 사귀는 놈들이 죄 마음에 안 들어서 고민이시래."

황당했다. 다행히 조소가 터지기 전에 밖에서 노크 소리가 들려왔다.

"후식 준비해드릴까요?"

나는 이곳의 아스파라거스와 후식으로 나오는 레몬 셔벗

을 좋아한다. 그래서 권현진은 이 고깃집으로 날 데려왔다. 부드러운 크림이 가니시로 올라간 서벗을 뒤적거리는데 속에서 불쑥, 울화가 치밀었다.

"……가자. 여행."

"어?"

"여행 가자며. 가자고, 멀리."

권현진이 잘못 들은 것처럼 눈을 깜빡였다. 놀랄 만도 했다. 내가 어딜 가자고 하는 게 처음이었다.

"제주도. 현진아, 나 제주도 가고 싶어."

"갑자기 제주도를……?"

"응. 거기 우리 엄마 고향이야."

그런 건 상관없었다. 나는 그냥 윤종오의 손아귀에서 가장 먼 곳으로 권현진과 도망치고 싶었다. 순진한 왕자님을 데리고, 권진이라는 거대한 온실 밖으로.

"오늘 출발하기엔 너무 늦었으려나."

시계를 확인하고 고개를 들었는데, 그애가 헛것이라도 본 듯이 날 쳐다보고 있었다. 멍한 표정조차 예쁜 권현진.

"안 늦었어. 당장 가자, 이나희."

저애의 눈동자에 비친 내 얼굴은 퍽 자연스러웠다. 웃는 날 본 권현진의 입가에도 천천히 미소가 걸렸다.

제주도의 밤은 서울과 달리 모든 게 새카맸다. 나는 엄마에게 제주도가 어떻단 얘기만 들었지 잘 알지 못했다. 수학여행으로도 와볼 기회가 없었다.

"가족 별장인데, 여긴 다들 잘 안 온대. 해변에서 멀다고."

권진 일가는 하와이에도 집이 있다. 제주도에 별장이 여러 개라고 놀랄 것도 없었다.

"너 불편하면 호텔로 옮길게."

"괜찮아."

급하게 출발한 우리는 자정 가까운 시각에야 제주에 도착했다. 그래서인지 권현진은 가족 별장으로 나를 데려왔다.

이젠 아무래도 상관없었다. 지금 나를 움직이는 건 오기 섞인 충동이 전부였다. 제주도에 온 것도 계획에 전혀 없던 일이었다. 윤종오가 내게 신신당부했던 '현명하게 행동하길 바란다'와는 반대되는 행보였다.

"연락받고 깜짝 놀랐어요. 너무 오랜만에 봬서 못 알아뵐 뻔했지 뭐예요. 큰 도련님, 어릴 때 이후로는 처음 오셨지요?"

일가가 자주 찾지 않는 별장에는 관리인들이 거주하고 있었다. 나이가 지긋해 보이는 노부부와 아주머니들.

"장 여사는 잘 지내는지 모르겠네요. 얼굴 못 본 지가 벌써 20년이야. 서울 올라가면 한번 보러 가야지, 가야지 하면서 정신이 이렇다니까요."

오래전에 한남동에서 일했던 모양이다. 다행히 나도, 그분들도 서로 모르는 사이였다. 간단히 인사를 나눈 권현진은 익숙하게 거실을 가로질렀다.

"내일 제가 차 좀 쓸게요."

"예, 준비해놓겠습니다. 더 필요하신 건 없으시고요? 저녁은 드시고 오셨어요?"

"괜찮아요. 늦게 도착해서, 좀 쉴게요. 올라가자, 나희야."

권현진은 내 손을 잡고 성큼성큼 2층으로 향했다. 방에 들어오자마자 통창의 커튼을 걷던 권현진이 아쉽다는 듯이 말했다.

"아무것도 안 보이네. 여기 전망 좋은데."

별장 안으로 들어올 때와 마찬가지로 창밖은 칠흑 같은 어둠뿐이었다.

"여기 와본 적 있었구나."

"어. 완전 어릴 때. 할머니가 여기 좋아하셨거든."

황 관장님이 본가에 계실 때라면, 내가 한남동에 들어가기 전이었다.

그애가 씻는 동안 나는 천천히 방을 구경했다. 이 별장의 인테리어는 흔히 말하는 요즘 감성은 아니었다. 80년대 부잣집 스타일? 가족들이 자주 오지 않는다더니, 체리색 몰딩부터 확실히 예스러웠다. 그래도 매일 쓸고 닦은 듯 깨끗해서 낡은 느낌은 전혀 들지 않았다.

두리번거리는 내 뒤에서 비누냄새가 확 끼쳐왔다. 먼저 씻고 나온 권현진이 부드럽게 나를 돌려 안았다.

"나희야."

이마와 뺨, 코, 입술에 몇 번이나 짧은 키스를 남기며 그애가 다정하게 내 이름을 불렀다.

"이나희."

목소리가 너무 달콤해서 속이 울컥했다. 화가 나서 선불리 권현진을 끌어들였다.

너를 데리고 오는 게 아니었는데.

이렇게 단둘이 있길 잘했구나……

충동과 후회가 불쑥불쑥 가슴을 쳤다. 한 뼘 거리에서 날 내려다보는 권현진의 시선을 피해 눈을 감았다.

"나 안 보고 싶었어?"

"……"

목이 막혀서 대답할 수가 없었다. 쇄골에 파고든 그애는 다행히 내 표정을 보지 못했다.

"나는 시험지에도 네 얼굴이 박혀 있던데."

나도 그랬다. 불 꺼진 방안이 온통 권현진이었다. 눈을 감아도, 눈을 떠도 마찬가지였다. 미칠 것만 같았다. 한순간도 저애한테서 도망칠 수가 없었다.

그런데 어떻게 헤어지지. 지금도 이렇게 죽을 것 같은데, 네가 이렇게 예쁜데.

"너랑 연락 안 되니까 숨 막히더라. 농담 아니고 정말 숨이 막혀서."

"응."

"……못살겠더라."

나를 온몸으로 끌어안은 권현진이 머리카락에 제 얼굴을 비볐다. 짧은 침묵 뒤에 그애가 투정을 부리듯이 말했다.

"핸드폰 끄지 마."

"이제 안 그럴게."

"나 진짜 죽는 줄 알았다고……"

포악하게 굴던 권현진은 언젠가부터 깨달은 듯했다. 내게는 애교가 훨씬 더 잘 먹힌다는 걸. 저 잘생긴 얼굴로 가련한 눈빛을 하고서 내게 애원하면, 백발백중 심장이 찌릿해졌다.

시간이 갈수록 권현진은 점점 더 약아빠진 여우가 되어가는데 나만 늘 그 자리였다. 저애를 위로해주는 법이라곤 하나밖에 모른다. 길게 눈을 맞추던 권현진이 반팔 카디건 단추를 푸는 내 손을 잡았다.

"나 오늘 안 할 건데."

"왜?"

"피곤하잖아, 너."

웃긴다. 지가 언제부터 내 컨디션을 그렇게 생각했다고? 가볍게 손을 떨치고 단추를 풀었다. 그애는 배고픈 애완견이 간식 쳐다보듯 맹목적인 시선으로 나를 봤다.

"안 한다며."

"어…… 그래서 그냥 보고만 있는데."

권현진이 뒤늦게 번쩍 고개를 들었다.

"만지는 것까진 괜찮나?"

"만져. 누가 하지 말래?"

어이가 없어서 웃음을 터뜨리자 권현진이 대번에 나를 안아 들었다. 시야가 확 높아지고, 땅에서 다리가 떨어졌다.

"깜짝이야. 소리지를 뻔했잖아."

"질러."

"여기 우리만 있는 것도 아닌데……"

"다른 건물에서 주무셔. 안 들려."

권현진이 저벅저벅 걸어가더니 나를 높은 바에 앉혔다. 옆에는 양주와 레드와인 같은 상온 보관용 술병이 늘어서 있었다. 딱 봐도 비싼 술 같았다. 신기하게 생긴 양주병에 잠시 시선을 빼앗긴 그때였다.

"아, 너무 좋다……"

내 허리를 두른 손에 부쩍 힘이 들어갔다. 어느새 그애가 애착 인형처럼 날 끌어안고 있었다.

"이나희 얼마 만에 안아보냐. 보고 싶어서 미치는 줄 알았다."

권현진은 바에 앉은 나보다 아래쪽에 있었다. 내가 그애 머리를 쓱쓱 쓸어주자, 얌전히 내 손길을 받던 그애가 얼굴을 들었다.

"이나희."

"응."

"너 시험 기간이라고 갑자기 잠수 타서 내가 무슨 생각 했는지 알아?"

"무슨 생각?"

"이나희 여대 다녀서 천만다행이다."

"……"

"여대 아니었으면 내가 매일 밤낮으로 설계실 찾아갔을걸."

부정할 수 없었다. 그러고도 남을 애다.

"진짜 그랬으면 바로 차였겠지. 질린다고. 꺼지라고."

"응. 그거 스토킹이야."

"알아. 아는데……"

한숨을 내쉰 그애가 눈을 치켜떴다.

"너 학교에만 있었던 거잖아. 맞지. 과제랑 시험 때문에 연락 안 한 거고."

이미 답을 정해둔 질문이다. 권현진에게선 어떤 결연함이 느껴졌다.

"무슨 다른 이유…… 아니지?"

이미 직감하고 있으면서. 그래놓고는 진짜로 내가 헤어지자고 할까봐, 답변 듣기를 거부하듯 그애가 시선을 돌렸다.

"그냥 뭐. 우리 요즘 예민했으니까……"

그러곤 다음 말은 입에 담기도 싫다는 듯이 권현진이 눈만 깜빡였다. 긴 속눈썹과 머리카락이 맨살에 닿을 때마다 간지러워서 웃음이 나왔다. 꼭 덩치 큰 사냥개가 내게 안겨 있는 것 같았다.

"나희야, 사실은 나 제주도 오기 싫었다."

"진짜? 왜?"

"생각할 시간을 갖자거나…… 네가 갑자기 그런 말을 할까봐 무서워서."

어쩐지 권현진의 표정이 썩 밝지만은 않은 게 비행기에서부터 느껴졌다. 연락이 안 되는 동안 기말고사 특수라고 이해했다면서도 은근히 심란했나보다.

"아니지, 그런 거."

아니야, 아직은…… 나는 말없이 고개를 저었다. 대답을 듣고도 권현진의 표정은 심각했다. 내 옆을 손으로 짚은 그애가 고개를 들었다.

"정확히 말로 대답해줘."

"아니야."

권현진이 안도의 한숨을 내쉬고는 함박웃음을 지었다. 툭 고개를 떨군 그애가 내 어깨 위에서 키득거렸다.

"확인하니까 진짜 살 것 같다. 잠 설칠 뻔했네."

여태껏 묻지도 못하고 불안했구나. 그것도 미안했다. 자기가 언제부터 그렇게 남의 눈치를 보면서 살았다고. 누구보다 자기 확신이 강한 애였다. 나와 만나기 전까지는 분명 그랬는데……

제주도에 오지 말걸. 이제 와 후회가 된다. 윤종오를 향한 반항심, 오기, 치기어린 내 마음이 저애를 상처 입히는 건 아닐지 두려워졌다.

"요새 안 서더라. 너랑 연락 안 될 때."

"네가?"

과장을 조금 보태서 발정난 수말이나 다름없는 애였다. 나이가 어려서 그런 건지 원래 들끓는지는 모르겠지만 왕성하다못해 터져나갈 정도였다. 그런데……

"아예 안 서던데. 생각도 안 들고."

"그게……?"

"어."

못 믿겠다. 물끄러미 그곳을 바라보자 그애가 억울하다는 듯 항변했다.

"진짜라고. 진짜 내내 죽어 있었어."

"말이 되는 소리를 해야지. 차라리 밥을 굶었다면 믿겠다."

"억울하네. 얘가 너한테 얼마나 충성하는데, 이나희."

"얘도 너잖아……"

"어. 그러니까 일편단심이지."

못 참겠다는 듯이 그애가 달려들었다. 차라리 이대로 시간이 멈춰버리길 기도하며 나는 눈을 감았다.

드라이기로 젖은 머리를 말리다가 나는 무심코 핸드폰을 들었다.

—나희양, 미안하지만 차주 중으로 내원 검사 꼭 부탁합니다

방금 온 메시지를 보자마자 피가 차갑게 식었다. 윤종오였다.

그가 예약한 산부인과에 가지 않았다. 애초에 생리가 끝난 지 얼마 안 돼 임신 가능성은 전무했다. 다 알아듣게 설명했다고 생각했는데, 기어코 병원 검사를 강요하는 그의 메시지를 보자 모멸감에 손이 떨렸다.

"나한테도 나희양 또래의 딸이 있어요."

내 딸 같아서 그렇다고, 나이도 어린데 여기서 인생 망치면 안 된다고 했다. 홀어머니 모시고 나희양이 더 꿋꿋하게 살아야 한다던 위선자의 목소리가 떠올라 눈앞이 하얗게 변했다. 타오르는 분노에 머릿속이 곤죽이 되는 것만 같았다.

"나희야, 내일 뭐 먹을까? 제주도에 맛있는 데 많네. 여자들이 좋아하는 디저트 카페 이런 거."

그애가 수건으로 머리를 말리며 다른 욕실에서 나왔다.

"아저씨가 맛집 리스트 알려주셔서."

또 윤종오다. 핸드폰에서 고개를 든 권현진의 얼굴에 부드러운 미소가 걸려 있었다.

"제주도에 오래 계셨거든."

"……그 사람이 나랑 제주도 온 거 알아?"

"어. 방금 연락받았다던데."

가족 별장에 왔을 때부터 각오는 하고 있었다. 윤종오가 우리의 행적을 알게 되는 건 시간문제라고.

하지만 권현진에게는 데이트 장소를 추천해주고, 내게는 임신 확인 검사와 임신 중단 수술을 종용하는 그의 이중적인 행태에 치가 떨렸다. 윤종오는 이미 다 알아챈 것이다. 자신이 무슨 짓을 해도 내가 저애한테 아무 말도 하지 못할 거란 걸.

"표정 또 왜 그러는데…… 어?"

권현진이 내게 안겨들며 침대로 몸을 밀었다. 내 위로 가볍게 올라탄 그애가 피식 웃으며 손으로 내 뺨을 감쌌다.

"걱정하지 마. 아저씨 입 무거워."

내 머리카락을 귀 뒤로 넘기고 쪽, 입을 맞추면서 나를 안심시키려 했다.

"너 그 사람…… 얼마나 믿어?"

"음. 그냥, 어느 정도."

말은 저렇게 해도 권현진은 윤종오를 아버지처럼 믿고 따랐다. 대부분의 문제를 그에게 상의했고, 노련한 윤종오는 저애한테 늘 적당한 해결책을 제시했다.

물론 나도 그랬다. 나 또한 직접 만나본 적이 없을 때는 윤종오를 막연히 신뢰했다. 돌아가신 사장님의 든든한 오른팔이자 막역지우였으니까. 그래서 저애한테도 먼저 연락해보라고 권했던 거였다.

"아저씨도 너 좋아해."

권현진의 맑은 갈색 눈동자가 오늘따라 순해 보였다.

"좋은 여자친구 같대. 착하고 똑똑해서 나랑 잘 어울릴 것 같다던데."

"날 만나보지도 않고 그래?"

"내가 너 많이 좋아하는 거 아니까."

기분 좋은 미소가 걸린 얼굴로 그애가 내게 기대왔다. 내가 날카롭게 반응할 때마다 권현진은 도리어 자상해진다.

"걱정하지 마. 우리가 잘되길 응원해주는 사람이 있다고 했잖아."

현진아, 그 인간이 우리를 회장님한테 팔았어.

혀끝이 간지러웠다. 하지만 내가 느낀 배신감보다 진실을 알았을 때 권현진의 배신감이 훨씬 클 것이었다. 윤종오에게도, 권 회장에게도. 나는 유일한 직계가족인 권 회장에게서 저애를 빼앗을 수가 없었다.

한 침대에 누워 있는 나와 권현진은 동상이몽에 빠져 있었다. 온실 속 왕자님 같은 권현진을 보면서 내 안에 숨었던 얄팍한 복수심이 고개를 들었다.

"피임하지 마."

순간 비닐을 뜯던 손이 멈췄다. 확 커진 눈이 날 응시했다. 완전 얼빠진 표정이었다.

"어?"

"없이 그냥 하자고."

"……지금, 내가 잘못 들은 거지?"

짧은 침묵 끝에 그애가 심각하게 되물었다.

"제대로 들은 거 맞아. 나 오늘 안전한 날이야. 그리고."

그럴듯한 변명을 생각해내느라 말이 두서없이 나왔다.

"없이 한번 해보고 싶었어. 느낌이 다르다고 해서…… 궁금하기도 하고."

그애는 한참이나 대답이 없었다. 가만히 날 주시하고만 있었다. 저 머릿속으로 무슨 생각을 하는진 모르겠지만, 몸은 솔직했다.

"안전한 날 같은 거 없어. 위험한 날 아니어도 얼마든지 임신할 수 있어. 너도 그거 아는 거지?"

나는 고개를 끄덕였다. 늘 피임을 중요시했던 만큼 그걸 모를 리 없었다.

"아는데도 피임하지 말자고? 너 진심이야?"

"응."

짧은 한숨을 내쉰 그애가 난감하다는 듯 얼굴을 쓸어내렸다. 권현진이 초조한 사람처럼 계속 입술을 깨물었다.

"소원 들어줄게, 권현진. 그냥 하자."

"그건…… 그건 그냥 내 판타지인 거고."

권현진은 이 문제를 확실히 짚고 넘어가기 전에는 아무것도 하지 않겠다는 듯이 단호하게 말했다.

"이나희. 난 너 불안하게 만들고 싶지 않아."

"불안한 거 없어. 나도 해보고 싶었던 거야."

열이 잔뜩 오른 채, 넋 나간 그애와 눈이 마주치자 입술이 저절로 움직였다.

"임신하면 낳지 뭐."

"어?"

그러자 권현진은 정지 버튼을 누른 것처럼 모든 걸 멈췄다. 숨도 못 쉬고 있는 그애한테 쐐기를 박았다.

"너 닮은 아기는, 나 혼자라도 낳아서 키울 수 있을 것 같아."

이건 내 진심이었다. 권현진을 닮았다면 성질머리 때문에 골치가 꽤 아프겠지만…… 그래도 감당할 수 있을 것 같다.

예쁘니까.

내 눈에는 저애가 너무 예뻐서, 밉지 않으니까. 모든 걸 혼자 감수하고도 하나도 억울하지 않은 걸 보면 확실했다. 나는 권현진이 너무 좋아서 미친 게 분명하다고. 어쩌면 더 좋아하는 사람은 저애가 아니라 나일지도 모르겠다.

"진, 진짜야?"

권현진이 말을 더듬는 모습은 처음 봤다. 애가 잘생겨서 그런지 귀여워 보였다. 귀가 점점 빨개지더니 맨가슴에 손을 올리곤 심호흡을 했다.

"심장 터질 것 같다, 지금……"

목과 이마까지 전체가 다 붉었다. 도드라진 목울대가 크게 한번 넘어갔다.

"왜 너 혼자 낳냐? 개 같은 소리 하지도 마."

"그럼 네가 같이 낳아주려고?"

"아. 장난 좀 치지 마, 이나희. 무슨 뜻인지 다 알면서 꼭 그래……"

투정부리는 목소리가 짐짓 애교스러웠다. 파르르 떠는 저 반응이 재밌어서 그런가? 둘이 있으면 장난은 내가 더 심하게 쳤다. 놀림당하고도 바보처럼 헤실거린 그애가 붉어진 얼굴을 쓸어내렸다.

"혹시 오늘 내 생일이냐? 아닌데."

발목을 당긴 권현진이 단번에 날 눕혔다. 몸 위에 진 그림자가 서서히 위로 올라왔다.

"태어나서 두번째로 기분 좋은 날이다, 오늘."

"첫번째는 언젠데?"

"네가 나한테 먼저 키스한 날."

"그거 키스 아니었다니까……"

"네가 내 입술 따먹은 날."

"권현진."

"누나가 저에게 처음으로 뽀뽀를 하사하신 날입니다."

피식 웃고 말았다.

"계속 누나라고 해."

"누나 소리가 그렇게 좋냐?"

삐친 얼굴도 예뻤다. 유리 온실에서 따스한 햇볕만 받고 자란 백합 같았다. 나는 저애를 위한 거름이었다. 지금은 그래도 좋았다. 훗날의 일이야 어쨌든 지금의 나는 권현진에게 미친 애였다.

"나희야. 이나희. 너 지금 나 버릇 잘못 들이는 것 같은

데……"

순하게 풀어졌던 눈동자에 일순간 광기가 돌았다.

"진짜 낳을 거지? 임신하면."

"임신 어려울 거야."

"하면 낳겠다며. 말 돌리지 말고 대답이나 해. 낳을 거지?"

평소와 달리 난폭하게 번뜩이는 눈에는 형용할 수 없는 광기마저 서려 있었다. 완전히 맛이 간 눈빛이었다.

"안전한 날 같은 소리 한다. 내가 너 임신 못 시킬 것 같아? 당장 임신했으면 좋겠다, 이나희. "

권현진이 몇 번이나 씨근덕거렸다.

"아기만 책임질 생각하지 마, 너. 씨발, 나도 책임져."

그렇게 말하는 그애한테서 어떤 오기가 느껴졌다. 그건 피임 없이 하자고 제안했을 때 내 안에 도사리던 복수심과 얼핏 비슷했다.

"나도 데려가라고, 이나희."

하지만 권현진.

여자에게 안전한 날이 없다는 건, 너보다 내가 더 잘 알아.

숨 막히는 압박감에 잠에서 깼다. 애초에 깊게 잠들지도 못했다. 모로 누운 나를 뒤에서 온몸으로 끌어안은 권현진이 내 머리 위에서 쌕쌕 고른 숨을 쉬었다. 벌써 저녁 무렵인지 밖이 어두웠다.

"현진아. 현진아."

허리를 감싼 팔을 풀어내려고 할수록 그애는 나를 더 꽉 끌어안았다. 무의식 상태인 권현진은 무서웠다. 깨어 있을 때는 내 말을 잘 듣는 편인데, 완전히 잠들었을 때는 그렇지 않았다. 더 달라붙으려고 힘을 줘서 나로선 속수무책이었다.

"권현진. 일어나. 나 좀 놔봐."

팔뚝을 아프게 내리치자 그제야 권현진이 고개를 들었다. 그러곤 끄응, 신음하며 일그러진 얼굴로 나를 추켜 안았다. 어떻게 이런 각도에서 보는 것조차 잘생겼지? 제일 망가진 얼굴을 하고 있는데도 갖고 싶어서 심장이 저릿했다.

회장님한테 맞았어. 네 가족이 날 싫어해. 윤 부장이 나를 네 옆에서 떼어놓으려고 해.

혀가 근질거렸다. 다 털어놓고 싶었다. 불시에, 무방비하게 파고든 저애가 쉼없이 나를 흔들었다. 권현진은 어떻게든 나를 선택할 거다. 내게는 그런 확신이 있었다. 저애는 유일한 혈육인 회장님을 버리고서라도 반드시 내 손을 잡을 거라고. 우리가 사귀는 내내 권현진은 내게 그런 믿음을 줬으니까……

그래서 나는 권현진을 괴롭히고 싶지 않았다. 네 가족 말고, 나를 선택해달라는 이유로 저애를 힘들게 할 수는 없었다.

"나희야, 몇시야."

내 뒤통수에 고개를 파묻은 그애한테서 평소보다 훨씬 묵직한 목소리가 흘러나왔다.

"몰라. 한 다섯시쯤 된 거 같은데……"

"물 갖다줄까."

눈도 못 뜬 채 하는 소리가 가관이었다.

"배고프지, 이나희."

"아니. 입맛 없어."

"그럼 나 조금만 더 자도 되냐."

동굴에서 울리는 듯한 저음에도 숨길 수 없는 피로가 묻어났다.

"일주일 동안 다섯 시간 잤나. 눈 뜬 채로 뒤지는 줄."

"하루에 다섯 시간밖에 못 잤어?"

"하루는 무슨 하루야. 일주일 다 합쳐서 총 다섯 시간 잤을걸."

"기말이라고 공부 열심히 했구나."

성적 잘 나오겠다고 덧붙이자, 그애가 헛웃음을 터뜨렸다.

"장난하냐? 너 핸드폰 꺼놨는데, 씨, 내가 잠이 오겠냐고."

"이제 욕 막 하네. 권현진."

그러자 정수리 위에서 피식, 바람 빠지는 소리가 났다.

"욕 안 했어요, 누나."

두 팔로 나를 힘껏 옭아맨 그애가 치대기 시작했다. 제 딴에는 애교를 떠는 건데 나는 숨이 턱턱 막혔다.

"이나희 잠드는 거 보고 잤는데, 일어나니까 이나희 또 있네. 완전 천국이다."

"아, 알겠으니까 놔봐."

잠결이라 힘 조절이 안 되는지 갈비뼈가 부러질 것 같았다. 헤실거리던 그애가 돌연 눈을 흘겼다. 어느새 권현진이 활화산처럼 타오르는 시선으로 날 내려다보고 있었다.

"너 나랑 이러고서 다른 놈 만나기만 해. 그 새끼 내가 진짜 조져놓을 거야."

벌떡 일어난 권현진이 머리를 흔들었다.

"아, 잠 다 깼네."

실체도 없는 놈을 질투하느라 열받아서 정신이 들었구나. 그 상상력, 참 쓸데없다. 혼자 씩씩거리던 그애가 갑자기 나를 안았다.

"너 내 거야, 이나희."

잠이 싹 달아난 얼굴로 권현진이 폭격을 하듯 내게 뽀뽀했다. 머리는 까치집이 돼서는…… 한참 키득거리며 침대에서 뒹굴다가 또 달려들 것 같아서 간신히 말렸다.

"나 이제 씻을 거야. 온몸이 다 엄청 찝찝하단 말이야."

말이 끝나기 무섭게 그애가 나를 번쩍 들고 일어섰다. 체격 차이도 있지만, 애초에 사람을 종잇장처럼 가볍게 다루는 힘이 장난이 아니었다.

"어디 가?"

"내가 씻겨줄게."

권현진은 나를 공주님처럼 안아서 저벅저벅 침실을 걸어 나갔다. 우리는 아직 한 번도 같이 씻은 적 없었다.

"내 소원 들어준다며. 이것도 내 소원이야."

"그냥…… 각자 씻자, 응?"

"싫은데요."

"권현진."

"싫은데요."

그대로 나를 유리문 안에 밀어넣은 그애가 샤워기를 들었다. 나는 권현진이 너무 초딩 같아서 할말을 잊었다.

"그렇게 쳐다보지 마, 나희야. 존나 귀여우니까."

"너 가끔 되게 어린애 같은 거 알지."

"종알거리지도 마. 그것도 존나 귀여우니까."

물 온도를 맞추느라 바쁜 권현진이 눈도 맞추지 않고 대꾸했다. 그러다 대뜸 내 쪽으로 샤워기를 돌렸다. 갑작스러운 물벼락에 놀라서 짧게 비명을 질렀다.

"뜨거워?"

악동처럼 씩 웃은 그애 때문에 얼굴이 확확했다. 델 만큼 뜨겁진 않고 미지근했다. 창피한 건 둘째치고 바짝 약이 올랐다.

"유치하게, 진짜."

"유치한 새끼한테 여기서 먹힐래, 아니면 그냥 씻을래. 선택해."

내가 식겁하거나 말거나 거품을 잔뜩 낸 샤워 볼을 들고 그애가 다가왔다.

"옳지. 팔 들고."

당장 욕실에서 나가라고 내쫓을 수도 있지만, 그냥 맞춰줬다. 저애 마음이 훤히 보였다. 지금 엄청나게 기분이 좋은 상태라는 것이. 내가 봐왔던 권현진의 모습 중에 가장 텐션이 높았다. 별장에서의 3박 4일 내내 그랬다.

"우리 꼭 신혼여행 온 것 같다."

나는 그 말을 부정할 수 없었다. 여기서의 나흘은 우리 연애의 축소판이었다. 자주 유치했고, 자주 싸웠다. 로맨틱한 순간은 아주 가끔이었다. 하지만 나나 그애나 우리는 서로를 늘 사랑스러워했다.

많은 걸 감추고 있었음에도, 그것만은 나도 진심이었다.

제10장

재가 되어버린 너를 남긴 채

우리는 내내 처박혀 있었다. 나는 마스터룸 밖으로 아예 나가지도 않았다. 배가 고플 때는 권현진이 가져온 음식을 먹었다.

"나희야. 너 임신하면 배는 언제부터 불러오는 거야?"

"그걸 내가 어떻게 알아."

피임을 안 해도 허락하겠다는 거지, 그렇다고 어디 한번 나를 임신시켜보라는 뜻은 아니었다. 권현진은 제멋대로 후자로 알아들었다.

"여기서 어떻게 아기가 자라지. 너도 이렇게 작은데……"

속도 없고 밸도 없었다. 가망 없는 미래를 상상하면서 기꺼워하는 그애를 보고 있으면 나도 웃음이 나왔다. 우리가 너무 행복한 꿈속에 있는 것 같아서 종종 가슴이 저릿했다. 언젠가는 깨어지거나 영원히 현실로 돌아오지 못할 거짓된 세계가 바로 우리의 지금이었다. 나는 모든 게 가짜란 걸 알고 저애는 모른다는 사실만이 오직 진실이었다.

"우리 진짜 신혼여행 온 것 같지 않냐."

"그러네……"

"너랑 같이 있으니까 천국 같다."

한심하지만 이런 상상도 했다. 만약 기적이 일어나서 내 뱃속에 아기가 생기고, 우리의 아기가 세상에 나오기까지 내가 지켜낼 수만 있다면. 그렇다면 희망이 있지 않을까. 언젠가 최 대리의 말처럼 말이다.

그때는 혐오스러웠던 얘기가 결국 나의 유일한 희망이라는 게 우습기 짝이 없었다. 오기, 그저 권 회장을 향한 반발심에 피임하지 말자고 말한 거면서.

"딸인지 아들인지 바로 확인되나? 너 임신하면."

임신하면, 아기 가지면, 배부르면, 생리 멈추면. 권현진은 복권을 산 사람처럼 희박한 확률에도 설레어했다. 저열한 내 복수심에 자기가 이용당하는지도 모르고.

기뻐하는 얼굴이 너무 행복해 보여서 나는 권현진과 함께 웃었고, 저애가 잠들면 그제야 혼자 울 수 있었다.

제주를 떠나는 마지막 날이 되어서야 우리는 손잡고 별장 주변을 구경했다.

권 회장의 제주도 별장은 잔디 언덕 위에 있었다. 한옥 형태를 유지하고 있는 별채, 현대식으로 재건축한 본건물, 관리인들이 거주하는 창고 겸 별관. 이렇게 세 채가 커다란 보호수를 가운데 두고 디귿자 형태로 세워졌다.

건물도 으리으리하게 큰데, 부지도 어마어마하게 넓었다. 별장 주변으로 용천수가 흐른다는 물길을 따라 메타세쿼이아 산책로가 이어졌고, 본건물 앞쪽에는 푸른 제주 바다가 한눈에 내다보였다. 절벽 위에 지어진 별장이라 해변에서 멀다는 게 단점이긴 했지만, 영구적인 오션뷰를 단독으로 누릴 수 있다는 게 특장점이었다.

특히 별장에서 보면 바다에 기이한 모양의 돌섬이 듬성듬성 있어서 매우 인상적이었다. 돌섬은 침실에서도 보였다.

나는 아침 해가 떴을 때 넋 놓고 저 바다만 오래도록 바라보기도 했다.

해원정海湲亭

별채 한옥에 붙은 명패가 눈에 띄었다. 바다 위의 물이 흐르는 집, 해원정.

"별채는 조선시대부터 있었고, 본관만 새로 건축한 거래. 유명한 사람이 지은 집이라던데. 네가 좋아하는 명언처럼, 영원하라는 의미를 담아서."

건축은 그 시대와 장소를 반영해야 하지만, 또한 영원함을 갈망해야 한다. PPT 마지막에 심은 이 말은 내가 가장 좋아하는 건축가의 명언이었다. 건축계의 피카소라 불리는 그는 가난한 집안에서 태어나 프리츠커건축상을 받은 거장이었다.

"이 별장은 프랭크 게리의 이념하고는 다르지."

"왜. 디자인에 색깔이 없어서?"

"나는 디자인 때문에 그 사람 좋아하는 거 아니야."

프랭크 게리의 가장 큰 특징이라면, 무절제한 과잉의 디자인을 꼽는다. 하지만 나는 그의 화려한 이력이나 시선을 뺏는 디자인에 마음이 끌린 게 아니었다.

“그럼 뭐 때문에 좋아하는데.”

“휴머니즘.”

특히 공공건축 설계에서 그의 지향점이 도드라진다.

“너 LA에 있는 콘서트홀 알아? 거긴 제일 저렴한 좌석에서도 완벽한 음향을 들을 수 있대. 건축가가 일부러 그렇게 설계했대. 되게 멋있지 않아? 나중에 한번 가보고 싶어.”

그 훌륭한 건축가와 권 회장의 공통점이라면, 잉어를 좋아한다는 것 정도일까. 해원정이라는 이름을 보자마자 나는 알 수 있었다. 이 별장이 담고 있는 건 오직 주인의 욕망이다. 건물의 영원한 생명이 아니라. 물 수水가 받쳐주는 한자가 두 개나 들어가 있는 작명부터, 별장의 터를 봐도 그랬다.

“이 자리에 호텔이나 리조트를 지었으면 되게 좋았겠다.”

아무리 자본주의 사회라지만, 권씨 일가만 이렇게 훌륭한 풍경을 누리는 건 불공평하다. 아깝기도 하고.

“밀고 리조트 짓자고 해?”

“미쳤구나. 여기, 회장님 장수하라고 지은 집일걸. 건강하게 오래 사시라고.”

"몰라. 그런가."

"별장 앞뒤로 물이 있잖아."

권 회장님 사주에 물이 부족하다는 얘기는 귀에 인이 박이게 들었다. 그래서 한남동 본가도 여기와 마찬가지로 집 앞뒤로 물이 있다. 북쪽 정원에 연못, 남쪽에는 한강. 지대가 높아서 가리는 것 하나 없이 한강이 보였다. 북한강 강변에도 권 회장의 별장이 있다. 가보진 못했지만 거기도 비슷하게 지었을 것이다. 연못, 강으로 둘러싸인 집.

순간 아름답다고 생각한 이 별장에 정이 뚝 떨어졌다. 권 회장의 야욕 한가운데 서 있는 것만 같아서.

"……공항 일찍 가자."

짐을 챙기러 돌아가던 그때였다. 초여름의 바닷바람을 타고 익숙한 향기가 흘러들어왔다. 나는 걸음을 멈췄다.

"현진아. 지금 어디서 꽃향기가 나."

미어캣처럼 고개를 쳐들고 킁킁거리는 나를 권현진이 의아하게 돌아봤다.

"이거 네 섬유유연제 냄새잖아."

그애가 고개를 살짝 숙이곤 입고 있던 셔츠 향기를 맡았다. 무심한 얼굴이 살짝 구겨졌다.

"모르겠는데. 이게 꽃향기야?"

"뭔지도 몰랐어? 너 섬유유연제 한 번도 안 바꿨잖아."

저 섬유유연제를 권현진이 엄청나게 좋아하는 줄 알았다.

"그냥 쓴 건데. 여자가 좋아한다고 해서."

"……"

"비슷한 냄새 나는 꽃이 어디 피었나보지. 가자."

향기가 날 배신했다. 내가 반했던 섬유유연제가 고작, 여자를 꼬시려고 쓴 미끼였다.

"또 왜. 뭐."

"한심해."

"뭐가 한심한데."

저딴 수작질에 넘어간 나도 한심하고. 미성년자 주제에 여자를 꼬시려고 그렇게나 빨래에 열심이었던 저애도 한심했다.

웃어넘길 수도 있는 건데 그냥, 기분이 나빴다. 나는 저애가 무기처럼 휘두른 향기 때문에 밤잠을 설친 게 몇 달인데……

"야, 잠깐만. 이나희."

권현진이 앞서가는 내 손목을 급히 붙잡았다.

"너 이상한 오해하지 마."

"오해가 아니라 진실을 알아버린 거지."

"나한테 여자는 처음부터 너밖에 없었어."

'처음부터'라는 말은 묘한 거다. 시작이 언제부터인지 모르는 처음은 아무런 의미가 없으니까.

"야, 이나희."

"됐어. 공항이나 가."

"되긴 뭐가 돼!"

하얗게 질린 얼굴을 손으로 쓸어내리던 그애가 열변을 토했다.

"내가 처음 손잡은 여자도 너고, 첫 뽀뽀도 너고, 키스도, 전부 다 넌데……!"

답답한 걸 넘어서 이제는 분하고 원통해 보이기까지 했다. 섬유유연제 때문에 먼저 삐졌던 건 난데, 이제는 나보다 저 애가 더 서러워했다.

"내 건 태생부터 너한테만 섰어. 근데 그렇게 오해하면 내가 억울하지!"

별 희한한 소리를 다 한다. 일단 산책로에는 우리밖에 없었지만 혹시 지나가던 관리인이 들었을까봐 심장이 막 두근거렸다.

"알겠어, 내가 미안해. 내가 잘못했으니까, 우리 짐 싸러 가자, 현진아."

"매번 먼저 열받게 하고 나만 돌게 만드냐?"

사춘기가 아직도 안 끝났나. 완전히 토라진 권현진은 내 쪽으론 아예 시선도 안 줬다. 팔짱을 끼고 흔들어도 그애 마음이 안 풀려서, 손을 끌어다가 손등에 쪽쪽 뽀뽀를 했다.

"할 거면 입술에 하든가. 적선도 존나 인색하네."

"다시 욕이 막 술술 나온다, 너."

"네가 사람 미치게 하는 건 생각 안 하고 내가 욕하는 거만 잡냐?"

"그래서 계속 욕을 하겠단 말이지."

"누가 계속한대? 안 한다고."

뻗대는 게 너무 어이가 없어서 웃음이 팍 터졌다. 이번엔 진짜 초딩 같다고 하려고 했는데, 생각해보니까 요즘 애들이 워낙 성숙해서 저애만큼 유치한 초딩도 잘 없을 것 같다.

"잘생겼는데, 어떻게 귀엽지?"

"귀여우면 좀 귀여워해주시든가요. 귀여워해주지도 않으면서 말로만 귀엽다고 하면 누가 믿냐고."

날 쳐다도 안 보고 말을 내뱉었다. 여전히 내 손은 꼭 잡고서.

"나도 입술에 뽀뽀하고 싶었는데, 까치발을 해도 안 닿으니까……"

별장 건물로 향하던 권현진이 곧장 멈췄다. 코앞에 상체를 숙인 그애한테서 욕실에서 같이 썼던 보디 워시 향기가 났다.

"해, 빨리."

뺨에 몇 번, 입술에도 몇 번 뽀뽀를 해줬다. 이제 됐나 싶어서 쳐다보자 지척에서 눈이 마주쳤다.

"다 했어?"

"응."

"진짜 성의 없다."

타박은 둘째치고, 시선이 저절로 밑으로 내려갔다.

"그런데도…… 섰네."

"어, 그러니까. 이나희가 나한테 이렇게 성의가 없는데도 서요."

권현진이 거칠게 내 손을 잡아끌었다.

"얘가 너만 좋아해. 자존심도 없어, 이 등신 새끼는. 내가 왜 억울한지 이제 알겠냐?"

권현진이 기어코 내 마음을 흔들었다.

언젠가 우리 단둘만 남으면, 나는 이 연극의 진실을 쏟아내버릴지도 모른다. 권현진의 등뒤에서, 왕자님만 모르게 벌어지는 왕과 환관의 추악한 날날을. 그리고 내 손을 잡고 도망가자고 애원하고 말리라.

짐을 다 실은 뒤 공항에 가려고 차에 탔는데, 뒤늦게 깨달았다.

"어떡해. 귀걸이 놓고 왔어."

그 말에 당연한 듯이 권현진이 문을 열고 몸을 돌렸다.

"어디에 놨는지 기억해?"

"현진아, 내가 빨리 갖고 올게."

설명하기가 어려웠다. 대신 갖다준다는 그애와 기사님을 만류하고, 나는 혼자 별장에 다시 들어갔다.

다행히 문이 열려 있었다. 빠르게 복도를 걷는데 조용히 수군대는 목소리가 들려왔다. 별장에 상주하시는 여사님들이었다.

"……어디서 굴러먹다 왔는지 모르는 갈보 딴따라 년이

본인 그 잘난 아들, 장남 꼬여냈다고 면전에서 얼마나 무섭게 호통을 치시는지."

"저도 들었어요. 아주 사람 죽으라고 들들 볶았다고요."

몸서리를 치듯 길게 혀를 차는 소리가 들려왔다.

"그때 회장님 성내는 거 본 사람들은 육이오 때 난리는 난리도 아니었다 그래. 그래서 둘이 혼인신고만 하고 나가 살았잖아."

"그랬구나. 나는 회장님네 장남 부부가 왜 한남동 본가에서 안 사시나 했다니까요."

"그래놓고 사모님이 아들 낳으니까, 회장님이 바로 뺏어갔어. 본인 장손이라고."

"어머머."

"회장님도 잘한 거 없지. 근데 그 여자도 완전 독종이야, 독종."

"왜요?"

"자식 뺏겼다고 지 남편 데리고 동반자살하는 미친년이 세상천지 어딨대."

"세상에…… 그게 동반자살이 맞대요? 뭐 자동차 회사를 고발하네, 부검을 어쩌고…… 한동안 집안 떠들썩했다던데."

"맞지, 그럼. 옆에 남편 앉히고 트럭을 정면으로 들이받았다는데. 어휴, 나는 그 꼴 보고 그냥 나왔잖아. 그 집안사람들 다 징그러워. 전부 인간 같지 않아."

"쯧쯧, 결국 자기 아들만 불쌍하게 됐네. 이제 큰 도련님한테 남은 가족이라곤 회장님 하나잖아요……"

"귀걸이 못 찾았어?"

"응."

"서울 도착하면 바로 백화점 가자. 사줄게."

"아냐. 중요한 것도 아니라서…… 좀 어지럽네. 잠깐 눈 감고 있을게."

공항까지 멀지 않아서 다행이다. 속이 울렁거려서 당장이라도 토할 것 같았다.

"나희야, 너 손이 막 덜덜 떨려."

"추워, 좀 추워서 그래."

"에어컨 꺼주세요."

권현진이 차창을 조금 열고 내 손을 꾹꾹 지압하듯이 주물렀다.

"얼굴은 왜 이렇게 창백하지. 나희야, 너 괜찮아?"

뜨거운 그애의 열기가 손끝에서부터 심장까지 단숨에 치고 올라왔다. 그러나 지금 눈을 뜨거나 입을 열면, 뭔가 속에서 쏟아질 것 같았다.

"이상하다. 갑자기 왜 그러지."

"권현진, 잠깐만 차 좀 세워달라고…… 우욱."

텅 빈 도로에 차가 멈추자마자 나는 튕기듯 밖으로 뛰어나갔다.

"이나희!"

엎드려서 헛구역질하는 내 등을 권현진이 아프지 않게 두드려주었다. 토사물은 나오지 않았고 눈물만 줄줄 쏟아졌다. 뭔가 상태가 이상한 걸 느낀 그애가 조심스럽게 내 어깨를 돌렸다.

"나희야. 너…… 울어?"

"아니, 아니. 나 물 좀 갖다줘."

"지금 울잖아. 왜 우는데. 어?"

"그냥 토해서 그래. 속이 안 좋아서."

"미치겠다."

토하는 시늉을 하자 당황한 권현진은 순식간에 사색이 됐다.

"여기서 제일 가까운 응급실 전화해주세요."

진짜 앰뷸런스를 부를 기세였다. 나는 권현진을 말렸다.

"지금은 괜찮아. 토하니까 속 편해졌어."

"괜찮긴 뭐가 괜찮아. 너 지금 입술이 새파란데. 돌겠네. 왜 갑자기 속이 안 좋지?"

나는 권현진이 속한 권씨 일가의 추악한 일면을 알았고, 그애는 몰랐다. 단지 그것뿐이었다.

그애와 단둘이 제주도 별장에 다녀온 걸 알면서도 윤종오는 아무 말이 없었다. 그런다고 뭐가 달라지지 않을 거란 걸 이미 알기 때문이다. 미련하게도 나는 제주도까지 가서야, 태풍에 휩쓸린 갈대처럼 사지가 흔들리고 찢어질 만큼 아팠던 후에야 그 사실을 깨달았다.

권현진이 런던으로 떠나는 그날, 비행기를 기다리면서 우리는 마지막 통화를 했다.

—너 임신했으면. 그럼 어떡할래?

—세상에 완벽한 피임이 어디 있는데. 어떤 피임 방법도 100퍼센트는 없어.

—임신하면 미혼모 할 거야? 아니면, 아기 낳고 난 뒤에 어쩔 수 없이 나랑 결혼할 거야?

—난 그 꼴 못 봐. 더는 너 못 기다려. 너, 마음의 준비 될 때까지 숨죽이고 있는 거, 나 이제 못해.

—이나희. 나 믿어.

—절대로 너 힘들게 안 할 테니까.

비행기에 오르기 전, 그애는 내게 다짐을 내비쳤다. 내가 할 수 있는 답은 "조심히 잘 다녀와" 하는 인사뿐이었다.

통화를 마치고 나는 뜬눈으로 밤을 새웠다. 더는 눈물도 나오지 않았다. 꿈만 같았던 제주도에 모든 걸 놓고 온 듯이 나는 제정신이 아니었다. 언제 돌아올지 모르는 여정을 떠나면서 기껏 챙긴 짐이라곤 캐리어 하나가 전부였다.

새벽 공항에는 온통 이별하는 냄새가 났다.

권현진이 여기서 출국했구나. 그애도 이 서늘하고 축축한 공기를 들이마셨겠구나.

지나가는 사람들만 쳐다보다 숨이 막혀서 급하게 밖으로 나왔다. 핸드폰을 들었다. 밤새 수백 번 고민했지만, 나는 결국 공항에 와서야 메시지를 썼다.

—현진아, 그동안 고마웠어

행복해. 잘 지내. 그런 말은 쓸 수가 없었다. 그러지 못할 걸 알고 있기 때문이다. 나도 마찬가지였다. 권현진 없이는 아무리 애를 써도 행복할 수도, 잘 지낼 수도 없었다. 그럴 자신이 없었다.

'건강하게 지내. 밥 잘 챙겨 먹고'까지 썼는데 전화가 왔다. 벌써 런던인가? 로밍은 생각도 못하고 놀라서 손을 떨다가 덜컥 전화를 받아버렸다.

—이나희. 지금…… 뭐야, 이거.

당황한 듯 권현진의 목소리가 굳어졌다. 일부러 누군가 성대를 막아놓은 것처럼 나는 아무런 말도 나오지 않았다. 잠시도 기다리지 못하고 그애가 성마르게 되물었다.

—메시지 뭐냐고, 나희야. 그동안 고마웠다는 게 씹, 너 이거 무슨 뜻인데. 어?

초조한 음성 너머로 시끄러운 잡음이 섞였다. 띵동, 영어로 된 안내 방송도 들려왔다. 공항에 막 도착한 것 같았다. 갑자기 통화하게 될 줄은, 이렇게 될 거라곤 예상하지 못했다.

—너 혹시 다른 남자 생겼냐?

패닉에 잠겨 있던 순간 권현진의 목소리가 날카롭게 침묵을 갈랐다.

—아니…… 아, 이유는 상관없고, 한국 가면 다시 얘기해. 다음주, 아니 이번주에 한국 갈 테니까.

보지 않아도 알 수 있었다. 딱딱하게 굳어진 그애의 얼굴이 당장 내 눈앞에 있는 것처럼 선명했다.

—내일, 내일 갈게. 아침에 보자, 이나희. 무슨 일이 있어도 바로 한국 돌아갈 테니까.

"……그럴 필요 없어. 현진아, 우리 이제 그만하자."

—뭘 그만해. 뭘 그만하냐고! 씨발, 김창진이지? 너 이러는 거……!

"창진이 아니야."

—아님 누군데. 너 갑자기 왜 이러는데!

버럭 소리친 그애가 욕설 섞인 한숨을 내뱉었다.

—나희야, 나 화 안 났으니까 우리 얼굴 보고 대화하자.

어? 지금 어디야. 도서관이지? 아님 설계실이야?

전보다는 다듬어진 말투로 권현진이 나를 설득하려고 곧장 몰아붙였다.

—아저씨한테 지금 가달라고 할게. 우리집에서 이야기하자.

"……윤 부장님한테?"

—어, 내 집에서 하루만 기다려. 딱 하루만.

양반은 못 되는지, 그때 두 사람이 공항 자동문 밖으로 나왔다. 엉망진창으로 핸드폰만 쥐고 있는 나를 윤종오가 먼저 발견했다. 그는 이번에도 아무런 말없이, 표정을 지우고서 가만히 나를 응시했다.

"끊어야겠다. 현진아, 괜히 한국 들어오지 말고 거기서 할 일 잘 마치고, 조심히……"

—그때부터지? 내가 어머니 생신에 말없이 찾아가서. 너 그때부터 나한테 마음 뜬 거잖아. 맞지?

"……"

—너 이해 못하는 거 아냐, 이나희. 다 이해하니까, 얼굴 보고 이야기하자. 다짜고짜 이렇게 헤어지자는 게 나는 더 이해가 안 되니까!

윤종오가 공항 안으로 들어오라는 듯 손짓했다. 나는 눈을 감았다. 다시 눈을 떴을 때는 그가 흡연 구역에서 담배에 불을 붙이고 있었다. 나에게 잠깐의 말미가 주어졌다.

—너한테 욕한 거 아니다, 이나희.

"권현진."

—야, 이나희. 나희야, 잠시, 잠깐만…… 씨발, 네가 나한테 이러면 안 되는 거잖아!

"현진아……"

—내가 결혼 이야기 꺼내서 그래? 부담스러워서 그러냐고. 그래도 그렇지……

굳세게 매달리던 목소리가 흔들리기 시작했다.

—우리가…… 어떻게, 내가 너랑 어떻게.

내가 권현진을 힘들게 하고 있었다. 잡을 용기도 없고, 잡아달라고 애원도 못하고, 그렇다고 깨끗하게 잘라내지도 못하면서 내가 가엾고, 또 저애가 가엾다는 핑계로 어쭙잖게 희망 고문을 하고 있었다.

—너도 나 좋아하잖아. 우리 여전히…… 서로 좋아하는데 어떻게 이런 식으로……

"내가 언제 너한테 좋아한다고…… 말한 적 있어?"

그 순간 정전이 된 것처럼 권현진에게서 들려오던 모든 소리가 끊겼다. 씨근덕거리는 숨소리마저도 사라졌다.

"이만큼 놀았으면 됐잖아. 너도…… 너도 나랑 자면서 많이 즐겼잖아. 서로 즐거웠다고 생각해. 그러니까 억울할 거 없고……"

바닥을 보면서 말했다. 저절로 말끝이 흐려졌다.

"사람 쉽게 믿지 마. 겉으론 까칠한 척해도…… 너 너무 사람 잘 믿더라."

미련으로 길게 늘어지는 내 말소리를 들으면서 권현진은 아무 말도 하지 않았다. 통화 시간에 의미 없이 숫자만 올라갔다.

"잘 지내, 권현진. 건강하고……"

시린 정적에 우리가 마지막이란 사실이 실감났다. 그애가 벌써 사라진 것만 같았다. 입술이, 손이 바들바들 떨려왔다.

"밥…… 밥 잘 챙겨 먹어."

그 말이 끝이었다.

눈앞에 내밀어진 손은 잔인했다. 나는 윤종오에게 핸드폰을 건넸다. 그는 여전히 침묵 속에 빨간색으로 홀로 카운트 중인 통화 시간을 확인하고는 종료 버튼을 눌렀다.

딛고 있던 발밑이 무너지고 나는 얇은 유리조각처럼 부서져내렸다.

❀

“여기 서명하고, 인감도 찍으시고.”

나는 윤종오가 손으로 짚어준 모든 부분에 날인했다. 유류분 반환청구 포기각서였다. 내가 임신한 것도 아니고, 이 각서는 애초에 성립될 수 없다. 효력도 없다. 단지 날 겁주려는 의도, 오직 그것뿐이었다.

나보다 더 날 잘 알고 있는 윤종오는 뻔뻔하게도 여러 장의 서류를 더 내밀었다.

“나희양.”

출국장에 들어가기 전, 그가 내게 당부했다.

“현지에 도착해서도 병원 한 번만 더 들러주셨으면 합니다.”

그놈의 산부인과 얘기는 정말이지 지긋지긋했다. 뭐라고 쏘아붙이고 싶은데, 나는 이미 인내심도 전투력도 바닥나버렸다. 내 안에서 용암처럼 흘러내리는 그애를 막아내느라 눈만 겨우 뜨고 있을 뿐이었다.

"저……"

서류고 뭐고 나는 완전히 넋이 나가 있었다.

"사진 한 장만 가지면 안 될까요. 제 핸드폰에 사진이 많이 있는데…… 권현진 사진 한 장만, 제가 보관하게 해주시면 안 될까요."

내가 지금 구걸하는 줄도 모르고 그애를 달라고 구차하고 초라하게 빌었다.

"아저씨, 한 번만요. 권현진 사진 한 장만요."

이 사람 앞에서는 절대로 울지 않겠다고 다짐했는데, 분하게도 앞이 보이지 않을 만큼 눈물이 쏟아졌다. 멈춰야 한다는 자각조차 하지 못했다.

"나희양, 힘들죠. 압니다. 연애가 뭐 다 그렇지. 절절하고…… 막 죽을 것 같죠?"

숨이 안 쉬어져요. 폐가 다 찢어진 것 같아요.

"근데 지금 그거 다 한때예요. 청춘이라 그렇지, 그 시절 지나가요. 나도 첫사랑이랑 찐하게 연애해봤습니다. 바쁘게 살면 돼요. 시간 지나면 이름도 기억 못해. 얼굴도 잊었다니까. 우리 현진군은, 대한민국에서 회장님 이름 안 듣고 살긴 어려워요. 그러니까 나희양은 최대한 한국 들어오지 말고 외국에서 살아, 응? 내 딸 같아서 하는 얘기예요, 딸 같아서. 봐, 얼마나 좋은 기회야. 유학은 뭐 아무나 가나. 이 정도면 나희양 편의를 정말 많이 봐주신 거예요. 그쵸, 승필씨."

나를 공항까지 데려온 조승필이 먼저 출국장에 줄을 서고 있었다. 손가방도 하나 챙기지 못하는 나 때문에 그가 여권이며 모든 걸 다 들고 있었다.

"비행기 타기 전에 이 실장님한테 전화드리기로 했다. 걱정하시니까 얼른 가자."

엄마.

내 발밑에는 엄마가 있다. 나 때문에 나보다 더 밑바닥을 보인 엄마가, 지옥 같은 내 세상 아래에 있었다.

조승필이 떠밀듯 내 어깨를 감쌌다. 바닥에 뿌리내린 듯하던 다리가 그제야 움직였다.

비겁한 나의 도둑질.

겁쟁이 같은 나의 일탈.

재가 되어버린 첫사랑을 뒤에 남기고, 나는 떠났다.

(『시절연애 3』에서 계속)

시절연애 2

초판 발행 2025년 10월 10일

지은이 마셰리

책임편집 한나래 | **편집** 김유진 박을진 | **외주교정** 유혜림
표지디자인 이현정 | **본문디자인** 최미영
저작권 박지영 형소진 주은수 오서영 조경은
마케팅 정민호 서지화 한민아 이민경 왕지경 정유진 정경주 김혜원 김예진 이서진
브랜딩 함유지 박민재 이송이 박다솔 조다현 김하연 이준희
제작 강신은 김동욱 이순호 | **제작처** 영신사

펴낸곳 (주)문학동네 | **펴낸이** 김소영
출판등록 1993년 10월 22일 제2003-000045호

주소 10881 경기도 파주시 회동길 210
대표전화 031-955-8888 | **팩스** 031-955-8855 | **전자우편** elixir@munhak.com
인스타그램 @elixir_mystery | **X(트위터)** @elixir_mystery

ISBN 979-11-416-1273-3 04810
979-11-416-1271-9 (세트)

엘릭시르는 출판그룹 문학동네의 장르문학 브랜드입니다.

잘못된 책은 구입하신 서점에서 교환해드립니다.
기타 교환 문의 031)955-2661, 3580